RE-INCARNATION RE-SOLVE《リインカーネーション リザルブ》

西田大輔

論創社

＊目　次

リインカーネーション　リザルブ

登場人物

曹操孟徳《そうそうもうとく》……司空の地位を得て急速に力を付けている。夏侯惇、曹仁らと共に実力のある臣下を集め、天下を狙う。

袁紹本初《えんしょうほんしょ》……家柄・実力・人望を併せ持つ。董卓討伐後の中華全土を旧知の仲である曹操と二分する。龍生九子・螭吻に選ばれている。

張遼文遠《ちょうりょうぶんえん》……主君を殺され、曹操に拾われる。曹操が真に仕えるべき主君か見定めながら、主君と「呂布」を殺した相手への復讐を狙う。業の謎を追っている。

曹仁子孝《そうじんしこう》……魏の曹操配下。曹操の幼馴染。常に怒っている。口癖は「馬鹿もんが！」曹操軍において一番の常識人。

典韋《てんい》……曹操配下の女性武将。高い戦闘力で曹操を護衛する。基本的に「いいよ」以外喋らない。

楽進文謙《がくしんぶんけん》……岩のように見えるが、言葉を話す。小さい。

荀彧文若《じゅんいくぶんじゃく》……魏の曹操のもとについた新たな軍師。見た目には気を遣わない。鋭い洞察力と迅い決断力を持つ。

于禁文則《うきんぶんそく》……曹操配下の武将。最近の評価はうなぎのぼりだが、ごく平均的な能力しかもたない。

男……袁紹配下で最強とされる武将。だが、名前を持っていない。

文醜《ぶんしゅう》……袁紹配下、なぜか女性を思わせる立ち居振る舞いの武将。

顔良《がんりょう》……袁紹配下、なぜか言葉を全て歌うように話す武将。

沮授《そじゅ》……袁紹配下、冷静沈着に状況を把握し、的確な指揮を執る有能な軍師。

田豊《でんほう》……袁紹配下、常に杖をつき、笑顔で含蓄のある事を話す好々爺…を思わせる軍師。

劉備玄徳《りゅうびげんとく》……庶民の出生でありながら漢の高祖の末裔として天下を目指す。人一倍、篤い人望を持つ。悪い予感がすると体が震え出す。

関羽雲長《かんううんちょう》……かつて黄巾党の党首・「張角」として民衆を集め蜂起した少女。劉備によって、新たな名前を持ち、共に天下を目指す。

張飛益徳《ちょうひえきとく》……劉備とともに天下を志す義兄弟。単純だが義に篤い。方向音痴。

馬超孟起《ばちょうもうき》……曹操のもとから離れ、劉備についた若き武将。憧れを持つ相手からの影響を受けやすく、その人の個性を自分のものにする高い吸収力を持っている。

孫策伯符《そんさくはくふ》……父・孫堅亡き後、弟・孫権、周瑜とともに呉から天下を目指す。業の謎を追っている。

周瑜公瑾《しゅうゆこうきん》……呉の女性軍師。許婚である孫策とともに「不殺の国」の建国を誓う。天下の才があるとして、龍生九子・贔屓により業を負っている。

魯《ろ》粛《しゅく》子《し》敬《けい》……呉の孫策配下。孫策・孫権・周瑜に付き従い、常に影から支える軍師。

袁《えん》術《じゅつ》公《こう》路《ろ》……袁家の諸侯で袁紹の弟。劉協を脅迫、財力に物を言わせて皇帝を名乗る。

劉《りゅう》表《ひょう》景《けい》升《しょう》……荊州の太守。曹操を恐れ、袁紹と同盟を結ぶ。

黄《こう》忠《ちゅう》漢《かん》升《しょう》……荊州に長く仕える、勇猛果敢な武将。劉表とは竹馬の友。

劉《りゅう》協《きょう》伯《はく》和《わ》……政争により父・霊帝を殺され、新たな帝に即位した少年。

螭《ち》吻《ふん》……天の龍様に産み落とされた最初の龍生九子。全ての特性を持つ。天下の才を持つ者に業を負わせる。

虫《は》夏《か》……龍生九子の七番目の子。人間に乗り移り、操る特性を持つ。かつて「呂布」に憑いていた。

関《かん》平《ぺい》……かつて黄巾兵として「張角」と共に戦った少年。曹操軍に身を置いている。

李《り》典《てん》曼《まん》成《せい》……曹操配下の武将。

夏《か》侯《こう》恩《おん》子《し》雲《うん》……曹操配下の武将。

逢《ほう》紀《き》元《げん》図《と》……曹操配下の武将。

宋《そう》憲《けん》……曹操配下の武将。

曹純子和《そうじゅんしわ》……曹操配下の武将。

魏続《ぎぞく》……曹操配下の武将。

郭図公則《かくとこうそく》……袁紹配下の武将。

★

夏侯惇元譲《かこうとんげんじょう》……曹操配下。曹操とは幼馴染。龍生九子・蒲牢に「天下を獲る才」を持つとされ、選ばれている一人。

許褚仲康《きょちょちゅうこう》……曹操配下。怪力を持ちながら身のこなしも軽い。自らを「身の丈八尺、腰五尺、中華最大の男」と称するが、実際は小柄な少年。

趙雲子龍《ちょううんしりゅう》……幽州の公孫瓚配下。腕が立ち部下の信頼も篤い。

孫堅文台《そんけんぶんだい》……江東にある孫呉の前君主。勇猛であり、多くの家臣が信望を集める大器だった。

孫権仲謀《そんけんちゅうぼう》……孫堅を父、孫策を兄に持つ隠れた大器。まだ子供だが、それはもう著しく成長する。

公孫瓚伯圭《こうそんさんはくけい》……幽州《ゆうしゅう》の主君。白馬長史《はくばちょうし》の異名を持つ。趙雲を息子のように大切にしている。劉備とは旧知の仲。

甘《かん》……………劉備の妻。身分の低い出自ながら劉協《りゅうきょう》についていた。「関」という妹を持つ。

蒲牢《ほろう》……………天の龍の二番目の子と称する、龍生九子。意のままに風を起こす力を持つ。天下を獲る才を持つ者に業を負わせる。

贔屓《ひき》……………四番目の龍生九子。憑いていた孫堅の死後、周瑜に天下を獲らせる事で自身の生まれ変わりを目論む。

――舞台は、緑亡き絶望を知った男と、絶望のみの緑を纏う男から始まる。

これは、いつかの時間、何処かの国での誰かの、物語。
現代なのか過去なのかはたまた未来なのか。
始まりから終わりを知っている、男の宴がそこにあり。
終わらせない宴を、望んでいる男の宴がそこにあり。
かつての宴の灯を、忘れない女の宴がそこにあり。
全てを巻き込む宴の方法を、自然と知っている男の宴がそこにあり。
それぞれに――朝を待つ。
朝日が昇れば消える天の龍が見つめる星の光と、
それを睨みつけ、自ら風を起こす旗が幾つも。
いずれは三つになる旗を知っている男の宴。

「旗の名は――官渡」

PROLOGUE

舞台、まだ暗い。さっきまで鳴り響いていた軽快な音楽は鳴りやみ、辺りは深い闇に包まれる。

水滴の音が一つ、二つ。

それは波紋のように広がり、風の音に変わる。

それはいつしか雨になり、炎に変わり、いずれは何の音もない。

ただ、静寂の中——誰かの声が聞こえる。

誰か　天から土に還るよに。この世にやってきたんだよ。あんたの名を教えたげるよ。ほら、思いだしてきたよ段々と。教えたげるよあんたの名。ひとつの天にひとつだけ。ひとつの生にひとつだけ。あんたが背負って捨てるのさ。

そこには無数の死体がいる。

——その中で座り込む一人の男。

名を、「張遼文遠《ちょうりょうぶんえん》」。

張遼　……奉先《ほうせん》……奉先……。

――背後から斬り刻まれる張遼。
首に、刀が突きつけられる。
それは――曹操軍の軍勢。

誰か　あんたの名を教えたげるよ。天下の下にいる名だよ。龍生九子《りゅうせいきゅうし》の子供だよ。土の香りは天の息。天から土へ息吹くのさ。天下の土を捨てるのさ。たった一人で終わるのさ。生まれ変わるは……

――大きな崖から黄河を見渡している男。
名を、「袁紹本初《えんしょうほんしょ》」。
誰かの言葉を聞いている男である。

袁紹　黙ってろ。

誰かにぶつけて発せられた言葉ではない。

一人の男が入ってくる。
名を、「男」とする。

男　誰に向かっての言葉です？
袁紹　親友だよ。
男　親友？
袁紹　そう、俺の親友だ。一生を付き合う友だ。
男　……また謎をあなたは残す。
袁紹　残した方が楽しいのさ。勝手に誰かが選んでくれる、この先を。言葉を。
男　私にはわかりません。
袁紹　それで結構。お前の名と一緒だ。
男　袁紹様……いつ私に名前を？
袁紹　ああ、やっと思いついたんだ。お前の名前。
男　そう言い続けてもう……十一年になります。
袁紹　今度は本当だ。見つかったんだ。

笑い――遙か先を示す袁紹。

袁紹　この黄河《こうが》の先を抜けて、遙か先に流れる長江《ちょうこう》。その名をお前にやる。お前の名は、「張郃《ちょうこう》」

男　だ。

袁紹　張部……。

男　いよいよお前を表舞台に出す時が来た。ここまでの暗躍……ご苦労であった。

袁紹　……ありがとうございます。

男　全てを獲る、その準備もできた。黄河も、長江も、俺たちが手に入れる。

袁紹　殿の悲願――それは既に決まっています。

男　と、思ったがやめた。

――驚く男。

袁紹　……やめた？

男　ああ、やめた。

袁紹　天下を獲らぬと申されるですか？

男　そうじゃないよ、お前の名前だ。やめとくわ。

袁紹　どういう事ですか？

男　まだその時期じゃなかったって事だ。そうだろ？

――一人の女が入ってくる。

名を、「周瑜公瑾《しゅうゆこうきん》」。

周瑜　……。
袁紹　こいつ（周瑜）の名前にするわ、どうだ？　張部は？　お前に合ってるだろ。
周瑜　名は、どうでもいい。
男　この女は？
袁紹　周瑜公瑾。亡き孫堅《そんけん》、そしては今は長沙《ちょうさ》の太守《たいしゅ》・孫策《そんさく》の軍師だよ。
男　この女が……。
袁紹　治世の流れをもって、我が軍に入りたいんだそうだ。
周瑜　手を貸すと言ってる。
袁紹　お前らにも色々とあるんだろ、いい、いい。細かい話はいらん。
男　袁紹様、しかし……
袁紹　寝首を掻きたきゃいつでも掻け。但し、今の孫策じゃ天下は纏められん。もうちょい時期を見た方がいいぞ。
周瑜　……この男は？
袁紹　お前に名前を取られた男だ。たった今。俺の影武者でな。こいつより強い男を俺は知らん。ま、仲良くやってくれ。
周瑜　慣れ合うつもりはないぞ、戦に負けるならここを出る。
袁紹　仲良くやりなさい。お前と孫策が力をつけるまでは手を貸してやるから、いずれでっかくなって挑んでみなさい。いいな。

男　……わかりました。
袁紹　それにしても欲しいなぁ、長江……あの河を、大地を。
周瑜　その前には黄河が先だろ、対岸にはあの男がいる。
袁紹　そうだった。

笑う袁紹――。

袁紹　さてと、手始めに公孫瓚から潰すとしよう。それをもって土産とする。
周瑜　曹操はその機を窺っている。
袁紹　と、見せかけて窺ってはいない。
周瑜　袁紹、力に溺れると痛い目に遭うぞ。
袁紹　黄巾《こうきん》……董卓《とうたく》……呂布《りょふ》……全てを乗り越える為に二人でやってきたんだぞ、俺と親友は。力にはとっくに溺れまくってる。
周瑜　くだらん男だな。

周瑜に刀を突きつける男。

男　この人を知らんだけだ。
袁紹　仲良く!!　さっき命じたろ。それにお前らはいずれ仲良くなるのさ。

――誰かが袁紹を見ている。

誰か　――その器でいいのかい？　あんたの器はそれでいくのかい？
袁紹　……。
誰か　いずれは消えるその器。あんたはそれを鏡に映すのかい？
袁紹　黙ってろ。
誰か　鏡の名前はあんたの器。それを……
袁紹　俺にはお前は見えねえんだぞ。そう決めたんだ。
男　……袁紹様……。

周瑜は人知れず、驚いている。

男　誰と話を……？
袁紹　……親友さ。だから黄河の向こうの相棒に逢いに行くとしよう。
周瑜　お前……。
袁紹　全軍をもって公孫瓚を……さあ、楽しむとしようや。
周瑜　ここで負ければ、曹操は勢いづく。
袁紹　負けはしないんだ。そうだろ、親友。

誰か　ああ、そうだ。
周瑜　理由は？
袁紹　俺には、行く末が見えるのさ。
　　　――袁紹の背後に、袁紹軍が現れる。
　　　その先には、劉備軍・袁術軍がいる。
　　　巨大な兵力が一斉に動き出す。
　　　――そしてそれは、「未来」でもある。
袁紹　それが俺の……業だよ相棒。
　　　場面は動き出していく。
　　　一人の女が崖から黄河を見渡している。
　　　名を、「関羽雲長《かんううんちょう》」。
関羽　……。
　　　黄色い布を握りしめる関羽。
　　　――遠くから声が聞こえる。

声（張曼成《ちょうまんせい》）　張角《ちょうかく》――!!　お前に名前をつけてやるからな。張角――

関羽　……。

飛び込んでくる男。名を、「張飛益徳《ちょうひえきとく》」。

張飛　兄ぃ!!　関羽の兄ぃ!!　にい!!

関羽　うるさいな、何だよ⁉

張飛　いた！　兄ぃ！　兄ぃ!!

関羽　その呼び方やめろって言ってるだろ。

張飛　なんで⁉　兄ぃが次男で俺が三男って言われたろ、兄ぃに。

関羽　なんで私が兄ぃなんだ。

張飛　え？　なんで？

関羽　え？　じゃなくて……

張飛　え？　なんで？　なんで？

関羽　だからさ……。

張飛　え？　だからなんで？　なんで？　なんで？

関羽　もういい。

張飛　劉備の兄ぃが一刻も早くここを出たいんだって。なんか震えがあるらしくて。

関羽　震えがどうしたんだよ？
張飛　わかんねえけど、震えが来るとやばいんだってさ、良くない事が起こるって。
関羽　何だそれ。
張飛　関羽の兄ぃの事を考えると震えが起こるんだって……兄ぃ、なんかした？
関羽　するわけないだろ、ったく……。
張飛　ああそうだ!!　馬超!!　関羽の兄ぃいたぞ――!!
関羽　ちょっと静かにできないのか!?
張飛　違うんだよ!!　馬超の奴、相談したい事があるんだって。
関羽　相談……。
張飛　ほら、あいつ人の三倍くらい影響を受けやすいだろ。それで影響受け過ぎて自分がわからなくなってるんだってさ。
関羽　なんで私が……
張飛　馬鹿野郎。長男なんだぞ兄ぃは、俺たちの目標は亀田三兄弟なんだぞ。
関羽　違うよ。
張飛　とにかく相談に乗ってやってくれ。あいつは末っ子だ。兄ちゃんらしくしろ。
関羽　だからなんで私が兄ちゃんなんだ……

――遠くから声が聞こえる。

馬超　あにい!!　関羽のあにい!!

飛び込んでくる男。
名を、「馬超孟起《ばちょうもうき》」。

馬超　あにい!!
関羽　何だよ?
馬超　俺、女になりたい。
関羽　死んでろ!!
張飛　巡り巡ってそうなったか。
馬超　うん。
張飛　だが駄目だ。女の事は女に聞かなきゃわからん。よし、兄ちゃんが今度探してやるからな。
馬超　ありがとう。
張飛・馬超　ぺい、と。
張飛　さてと、急いで行くぞ。
関羽　何処へ?
張飛　今度は袁紹って奴のところだ。すんげえ軍隊持ってるらしいぞ。仲間になれりゃ、こんなに心強い事はない。
関羽　袁紹……。

張飛　そうだよ。袁紹んとこに行って、今度こそ曹操軍をぼっこぼこにしてやるんだよ。ぼっこぼこだぞ。

馬超　……。

張飛　あのクソ曹操がどんどん力つけやがるからな、ぼっこぼこにして人生終わらせてやる。

馬超　兄者……殿はそんなに悪い人じゃないぞ。

張飛　阿呆！　お前の！　ペイ！　殿は！　ペイ！　劉備の！　ペイ！　兄ぃだろうが！　関羽の兄ぃ、言ってやれ!!

関羽　……。

張飛　え？　なんで？　なんで？

関羽　どうでもいい、行くぞ。

張飛　やっぱ、名前気に入らなかったのかな……「関羽」……いや……なの？

関羽　……。

——遠くから声が聞こえる。

声（張曼成）　……張角!!　なあ、張角……!!

関羽　そんな事はないさ。

張飛・馬超　ペイ！

その場を離れる三人。
――場面は動いていく。
黄河の先から見ているもうひとりの男。
名を、「曹操孟徳《そうそうもうとく》」である。
入ってくる一人の男。名を、「荀彧文若《じゅんいくぶんじゃく》」。

荀彧　全軍をもって、攻撃に転ずるか……全軍をもって防御に徹するか。この判断が、全ての分かれ道になると思われます。
曹操　……。
荀彧　殿。何をお考えですか?
曹操　親友の事さ。
荀彧　袁紹殿は必ず公孫瓚《こうそんさん》殿を討ちに行くでしょう。あなたの選択肢を全て消す事ができれば、この曹操軍も終わりです。
曹操　続きを。
荀彧　この機を窺い、こちらから攻撃に転ずるべきです。迅《はや》さの曹操、今こそ見せるべきかと。
曹操　その続きを。
荀彧　ここまでが頭の良い軍師の考え、ですが私は違います。この機を逃しはしまいと、袁紹軍なら気づくはず。出るのは危険です。
曹操　その続きを。

荀彧　申し訳ありません。ここまでです。
曹操　そのその続きを。
荀彧　だから「ない」って言ってますよね。
曹操　それでいい。この戦は、気が進まん。
荀彧　袁紹殿が竹馬の友だからですか？
曹操　それもある。が……自分が何者なのか知る戦のような気がしてな。
荀彧　それはどういう意味ですか？
曹操　器の話だ。荀彧、全軍を解体せよ。

――驚く荀彧。

荀彧　は？
曹操　主戦場をもった将軍を外せ、一人残らず。
荀彧　それはどういう意味ですか？
曹操　言った通りの事だ。
荀彧　それは夏侯惇《かこうとん》将軍たちもですか？
曹操　当たり前だろ。
荀彧　それは……
曹操　さっきの答えだよ。俺は器を知られたくないんでな。

荀彧　やけくそとしか思えません。
曹操　「三人」。これだけでいい。
荀彧　それは……
曹操　勿論……一人はお前だ。

入ってくる男。
名を、「孫策伯符《そんさくはくふ》」。

孫策　……。
荀彧　孫策伯符……。
曹操　まずは誰から行く？　袁術《えんじゅつ》か？　それとも劉表《りゅうひょう》か？
孫策　あんたの指示に従う。そう決めた。
曹操　この戦が終われば、本気で獲りに行くぞ。お前を。
孫策　だが天下は……渡さん。
曹操　お前の天下は俺の天下だ。
荀彧　殿……。
曹操　……人のものが欲しくてな。これが俺の小さい器だ。

歩き出す曹操。

曹操　さあ行くぞ。今こそ、器を試そうじゃないか。

　　　——ふと、後ろに誰かがいる。

　　　誰かの名は、「虫夏《はか》」。

　　　音楽。

　　　群雄割拠が動き始める。

　　　——その中で。ひとつ。

誰か　——おい。

　　　誰かは虫夏に語りかける。

虫夏　お前……。

誰か　おい虫夏。

虫夏　ちょっと待て！　龍生九子同士は逢ってはいけないんだぞ!!

　　　笑う誰か。

虫夏　何がおかしい？　こんな事が天の龍様《りゅうさま》に知れたら……

誰か　失敗しといてよく言うよ。業を背負わせられなきゃ、お前の役目はない。そう、天の龍様が言ってるんだ。

虫夏　……え……。

誰か　お前が憑いた呂布は最悪。あんな事しでかして、惨めに死んだ。

虫夏　……あいつは……

誰か　情けはいらないの。それを捨てるのが龍の子供。天下の才のあるものに、業を背負わせる。その業を背負ったまま天下を獲れば、お前の生まれ変わりだ。

虫夏　そんなのわかってる！

誰か　これでも心配してるんだぞ。このままじゃ、お前は塵となる。

虫夏　え？

誰か　そうだよ、既にお前は呂布で失敗してる。

虫夏　……本当か？　もう私は生まれ変われないのか？

誰か　良くて夏の虫。龍様がお前につけた名だろ？

虫夏　嫌だ!!　いやだ!!

誰か　そう、その気持ちもわかる。だから龍様に頼まれた。

虫夏　お前が……？

誰か　できそこないばかりの子供に、龍様はお怒りでね。兄弟として助けろと。だからとりあえず……

虫夏　……とりあえず、何だ？
誰か　お前の天下の才――選ばして貰うよ。

驚く虫夏。
――雷鳴が鳴り――強い雨となっていく。

ACT I　官渡《かんと》

暗闇の中、突然の叫び声。

劉備　袁紹殿――――!!

飛び込んでくる声の主。名を、「劉備玄徳《りゅうびげんとく》」。
場面は、冀州《きしゅう》へと移り変わる。
袁紹配下のいる中、必死に叫んでいる劉備。
傍らには、袁紹二大軍師がいる。名を、「沮授《そじゅ》」・「田豊《でんほう》」。

劉備　頼む!!　頼む頼む頼む頼む――――!!　俺と手を組んでくれ！　そうでねえと大変な事になるんだ。だから手を組んでくれ。あんたも天下の器量だ。今の曹操がどんだけの力を持ってるかくらいわかるだろ。死ぬ思いで曹操んとこを抜けてきたんだ……だから手を組もうじゃねえか。

沮授　劉備殿。

明るくなると、関羽と張飛がいる。

劉備　俺を袁紹軍に入れてくれ!!　俺さえ入れてくれれば、絶対に曹操に打ち勝てる。どの道、遅かれ早かれ袁紹殿と奴はやる事になるんだ。これこそ天下分け目の戦だ。俺なら勝たせてやれる、勝たせてやれるんだ!!

沮授　申し訳ないが袁紹様は客人の接客中です。またにしていただきたい。

劉備　民草の為だ!!　このまま戦が続けばどうなる?　失うのは俺たちじゃない。民草だ……食べるものもなくなり、戦場に駆り出され、愛を失い、また希望を失い、友を失い、夢を失い……とにかく失うんだ。そして繰り返す……食べるものもなくなり、戦場に駆り出され、髪の毛も刈り出され、愛を失い……

関羽　……これは何だ?

張飛　あ、兄ぃ初めて見る?　これ、歌舞伎みたいなもんでさ。ずっとやってんの。

関羽　嘘くさいんだけど。

張飛　いいのいいの、この後、蓆《むしろ》を売るくだりが出るから、そしたら一緒に土下座して泣くのね。

関羽　嫌だよ。

張飛　すぐ終わるから、嘘泣きでいいから。

劉備　わかるか?　愛を失い、また希望を失い、友を失い、夢を失い……失うんだ。失う三大祭りなんだ。

沮授　……四つありましたが。

関羽　馬超は？

張飛　ここ人たくさんいるから、影響受けちゃうって。外で待ってるって。

関羽　碌《ろく》なのがいない。

張飛　うん、そろそろ来るからスタンバイ。

沮授　あなたもわかってると思うが、ここで采配できる事ではありません。袁紹様はそういうお方だ。

劉備　俺は蓆……

張飛と関羽は、仕方なく土下座しようとする。

田豊　いやいや!!　我らもそう言った以上、話を受け付ける事はできんのじゃ。

劉備　……。

張飛　肩透かし喰らったわ……。

沮授　劉備殿、そういう事で。

劉備　……わかった。家臣としてのあんたらの忠義、見届けた。だがこれだけ聞いてくれ。俺は蓆……

張飛と関羽は、もう一度土下座しようとする。

田豊　ああいやいや!!　我らの事はどうでもいいのじゃ。気にせんでいい。

張飛　何だろうな、これ……。

沮授　幕僚府の外でお待ちくだされば、いずれ袁紹様の耳に入る事もある。

劉備　わかった……でも俺は蓆……

田豊　ああいやいや!!　あっちで待っとれば……

劉備　蓆を……

田豊　あああああいやいや……!!

劉備・張飛　蓆のくだり言わせろやこら!!　何だこれ!!　空気でわかんねえのか!?

関羽　……いや、キレるところではないと思うぞ。

劉備　いいんだよ。

張飛　ぶち殺すぞこの野郎、誰だお前?

沮授　……袁紹軍師・田豊殿です。

張飛　田豊だが蓮舫だが知らねえが、蓆のくだりだけやっときゃ話収まんだからよ、ったく……。

田豊　すまんかった。空気読めんでの。

関羽　沮授殿――仰る事はよくわかった。だが我が主君も想いがある。幕僚府の外で待たせて貰う。

劉備　蓆のくだりをさ……

関羽　いい、行くぞ。
沮授　但し――一つ話はある。関羽殿、そして張飛殿――あなた方お二人であれば、いつでも袁紹軍は最敬礼で迎え入れましょう。
張飛　どういう事だよ？
沮授　冷静な判断です。この戦に勝つならば、あなた方お二人の力は欲しい。それが、我ら二大軍師の結論です。
田豊　まあ、そうじゃ。
劉備　何言ってんだよ、俺ら兄弟の契りを結んだ仲だぞ。産まれた時は違えども、死ぬ時は一緒なんだ！　桃の木の下で固く契りを結んだんだ。
張飛　そうだよ、行くぞ。
劉備・張飛　ももいろクローバー……!!　やれよ!!
関羽　嫌だよ！
劉備　やるんだよ馬鹿野郎!!　そうしなきゃ俺がハブられるだろ！　これやって蓆の話すんだよ、袁紹来るまで!!
関羽　やだって！
張飛　ほい、兄ぃ行くぞ!!
二人　ももいろクローバー

袁紹が入ってくる。

袁紹　ゼット!!
劉備・張飛　ええ⁉
袁紹　はいお疲れちゃん。
袁将軍　殿!!
袁紹　はいお疲れちゃん。

——袁紹軍が一斉に隊列を整えだす。

劉備　袁紹殿……。
袁紹　久し振りだな、劉備。相変わらずきったねえなお前。
劉備　笑顔でいう事じゃないだろ。
袁紹　さてと、関羽・張飛ね、相変わらずいい面だ。逢いたかったぞ。

——気に押され、礼をする関羽と張飛。

袁紹　劉備……相変わらずきったねえなあお前。
劉備　なんで二回言うんだよ。
袁紹　おう、お前ら楽にしとけ。で、劉備、何よ？

劉備　今日は折り入って話があって来た……。
袁紹　そんなきったねえのに？　はっはっはっはっ……ウケる。あ、で何よ？
張飛　何だろうな、この余裕……。
関羽　ああ……。
劉備　何かあんたちょっと……空気が変わったな。
袁紹　変わったか？　いや、だって戦やればやるほど勝ちに勝っちゃって大変だよ、領地が増えるから。気づけばほぼほぼ俺のもんなんだもんよぉ。あ、だからな……頭の悪い成金を演じてんの、今。袁術みたいに。ウケるだろ？
劉備　……そうかよ。
袁紹　まあでもな、ちゃんとしろって言われりゃな……

――一斉に袁紹軍が襲いかかる。
関羽と張飛でそれを受け止める。

袁紹　いつでも行ける。劉備殿、いい配下を持ってる。徳だぞ。
劉備　おいおい……。
関羽　何だこいつ……
張飛　くそ、ぜってー馬超には逢わせらんねえぞ。持ってかれる。
袁紹　はいやめい。仲良くしなさい！

隊列を整える袁紹軍。

袁紹　で劉備、何よ。あ、お前曹操んとこにいたんだよな、最近まで。
劉備　……ああ。
袁紹　今や俺とあいつの戦いになるって民草も言い始めてるそうじゃねえか。
劉備　……ああ。
袁紹　で何よ？　ああ、そう言えばあいつにお中元送ってなかったな、お前送っといて……。
沮授　わかりました。
劉備　ちょっと待て!!
袁紹　どうした？
劉備　舐めんじゃねえぞ舐めんじゃねえぞ舐めんじゃねえぞ!!
袁紹　三回言った。
劉備　お前の気に呑まれっぱなしじゃねえか!!　腐っても俺は漢の高祖《こうそ》の末裔だ。その気運をもってお前と話してんだ。聞けよ、話を。馬鹿にすんならいつでも戦してやるぞ。
張飛　……兄ぃ。

——袁紹軍が殺気立つ。

袁紹　……そうか、で？
劉備　俺をあんたの軍に入れてくれ。悪い話じゃねえだろ、曹操を討つ為に俺らがいてそんな事は一つもねえ。
袁紹　喧嘩を売っといて言う台詞じゃないよな。
劉備　それでもあんたは俺を迎え入れる、理由はある。
袁紹　聞かせろ。
劉備　民……
袁紹　民草の為だ。俺は蓆を売ってたからわかる……だろ？　イェーイ!!　蓆ゲット！　蓆ゲット!!

――喜ぶ袁紹軍。

劉備　何なの、これ。
張飛　新し過ぎるな、これ。
袁紹　劉備、いいぞ。俺んとこ入れ。
劉備　え？　いいの？
袁紹　いい、いい!!　細かいのいい、そうなるから物語上。もうサクッといこう、サクッと。全員で仲良くやろうじゃないか。
劉備　本当に？　いいの？　イェーイ！

袁紹　張飛、お前酒好きだろ？　振る舞ってやれ。
張飛　本当？　恰好いいイェーイ！
関羽　……どうして碌な奴がいないんだ、ここは。
袁紹　ああ、関羽。お前曹操んとこ行っていいぞ、行きたいなら。
関羽　……!?　どういう意味だ？
袁紹　な－んてな。劉備、お前、でもちょっと違うぞ。戦の本質が違うんだよ。
劉備　何々？
袁紹　本質が違うんだよ。いつの間にかお前、曹操に対してコンプレックス出ちゃってる、俺にもあったみたいに。それじゃあいつに勝てん。
劉備　そうかな？
袁紹　そうだよ、大方一緒に戦ってるうちに感じちゃったんだろ？　戦終わって飲んでて仲良くなったかなぁと思ったら、いきなり激ギレされたんだろ？　で、怖《こえ》えなって思って。ちょっと心の中でわだかまり解けないいんだろ？　土間土間でめっちゃキレられたんだろ？
劉備　……。
袁紹　ほら、すぐシャッター降ろす。それじゃ駄目。戦をやる根本がなってないよ。
劉備　なんだろう、あんた怖い。
袁紹　純粋に行こうぜ。勝ったら天下、負けたら終わり。これしかないんだから。
劉備　うん。
袁紹　さあ、それじゃ行くとするか。自己紹介だ。

――突然飛びかかる男が――二人いる。
名を、「顔良《がんりょう》」・「文醜《ぶんしゅう》」。
――関羽が必死に受け止める。

劉備　おい!!
袁紹　ほう、やっぱり大したもんだ。
顔良　強い。強い。
文醜　あら、綺麗な顔をして、嫉妬で殺しちゃいそう。何なのよ、もう。

必死の攻防を繰り広げる三人。

劉備　張飛!!　張飛!!

――張飛は酔っぱらっている。

劉備　阿呆!!　馬超!!

馬超が飛び込んでくる。

文醜と対峙して、

文醜　ちょっと待ってよ、こんなに綺麗な子二人も出逢う？　嫌なんだけどぉ。
馬超　……。
袁紹　馬超か、すげえのいっぱいいるなお前んとこは。
顔良　袁紹。こいつら。強い。感動。
袁紹　はいやめい。

ピタリと止まる二人。

袁紹　うちの二枚看板「文醜」・「顔良」だ。覚えといてくれ。
関羽　お前……
馬超　お前……
袁紹　まだまだいるぞぉ、人が集まってきやがる。お前らも、その一つだ。
文醜　お人柄よ、あなたの♡
劉備　本気だったろ？　今。
袁紹　いやいや、ここで死ぬたまじゃないよ。

――張飛の酔いが醒める。

張飛　おいどうしたどうした？　何があった⁉　誰だこいつら。
袁紹　説明するには時間もかかる、またにしようや。全部が仲間だ。沮授、田豊。
沮授　すでに第一部隊は制圧。主力の半分を叩いております。
田豊　詰めの後続は兵糧庫を奪取させとりますでの。
袁紹　上出来だ。劉備、行って来い。
劉備　行くってどこへ。
袁紹　決まってるだろ、公孫瓚軍を皆殺しに行くのさ。
劉備　⁉
袁紹　竹馬の友だろ。それを語るのも時間かかる、やるぞ。
劉備　でも……
袁紹　悲しみを乗り越えろ。全軍、行け。

——歓声が巻き起こる。
物凄い速さで動いていく袁紹軍。

張飛　行っていいんだな……兄者……
劉備　……。
袁紹　大将は俺だ、行け。

文醜　いずれ気持ち良くなるのよ、この気概が。
張飛　……わかった。

馬超は文醜に向かって——。

馬超　弟子にしてください!!
張飛　うるせえよ。行くぞ!!
馬超　いいんだ……女になったっていいんだぁ!!

文醜・馬超と張飛がその場を離れていく。

関羽　……。
袁紹　さっきの言葉は、あながち……本当か?
関羽　黙ってろ……。
袁紹　……劉備、覚悟決めろよ。ゆるりと。
劉備　そんなの……
袁紹　最初に言っとくな。曹操を誰よりも買ってるのは、俺だぞ。お前よりも深い。

——笑う袁紹。

劉備たちも動き出していく。
――場面は、曹操軍に移り変わる。
張遼のもとに、荀彧が立ちはだかる。

荀彧　戻りましたね。身体の方は如何ですか？
張遼　……。
荀彧　しかとはいけません。これでも私は軍師ですから、新米ですけどね。

張遼に刀を渡す荀彧。

張遼　いいのか？
荀彧　ええ。いつでも。なんなら、呂布殿の方天画戟《ほうてんがげき》も残してあります。いりますか？
張遼　……いらんよ。ひとまずは、命を助けていただき感謝しますってとこだな。
荀彧　流石ですよ、あなた。
張遼　曹操に逢わせろ。

荀彧に刀を突きつける張遼。
それを見て何かを書き込む荀彧。

張遼　聞こえたか？
荀彧　そんなに焦らなくてもすぐに逢えますよ。それに、「曹操」ではありませんよ。あなたの主君になったのですから。
張遼　三公様・司空様とでも呼べばいいのか？　くだらん成り上がりだ。
荀彧　成りたくて成ってるのではないと思いますよ。ああ、もう呂布みたいな馬鹿ならそれもありますけどね。頭悪かったでしょ、あの人。

荀彧は何かを書き込んでいる。

荀彧　あれ、怒っちゃいました？
張遼　いや……合ってるよ。
荀彧　ここで怒らない、と……。
張遼　で、何処へ連れてく？　大方、袁紹んとこに攻め込まれるんじゃないかと、あたふたしてるんだろうが。
荀彧　その通り。今はてんやわんやですよ。
張遼　あの曹操も予想通りだな。
荀彧　というよりも我々ですね。
張遼　我々？
荀彧　本当に必要なもの以外は置かないんですよ、ここは。ものも、人も。

張遼　……どういう意味だ？
荀彧　髪型、特にその前髪のちょろっとした部分、と……。
張遼　さっきから何を書いてる？
荀彧　ああ、すぐわかりますよ。さ、行きましょう。一番てんやわんやしてるのはね、この人ですから。

——場面は許都《きょと》へと移り変わっていく
一人の男があたふたしながら息を巻いている。
名を、「曹仁子孝《そうじんしこう》」。

曹仁　この馬鹿もんが‼　今がどんな状況になってるのかわからんのか！　急がねばならんのだ、馬鹿もんが‼　于禁《うきん》‼

しかし、于禁と呼ばれた男は出てこない。

曹仁　出て来んのかい⁉　于禁‼　于禁‼　于禁‼　于禁‼　于禁‼　出トチか⁉　出トチなのか⁉　夏侯恩《かこうおん》‼

一人の兵士が飛び込んでくる。

名を、「夏侯恩子雲《かこうおんしうん》」。

夏侯恩　ハッ！

曹仁　なんで于禁が来ないんだ、この馬鹿もんが!!

夏侯恩　申し訳ございません！

曹仁　申し訳ございませんで済むと思うか、馬鹿もんが!!　俺が怒鳴り散らしてまず于禁が出てくる！　で、その次、夏侯恩！　これ決まりだろうが！　このリズムがあるだろうが！　歌舞伎だろうが！

夏侯恩　ですが！

曹仁　「ですが」はいらん！「ですが」！　じゃあ何か⁉　勘定奉行に、あ、あ、あ、お・ま・か・せ♡でいいのか？　いいわけないだろうが、馬鹿もんが!!　曹純《そうじゅん》!!

一人の兵士が飛び込んでくる。
名を、「曹純子和《そうじゅんしわ》」。

曹純　ハッ!!

曹仁　何故お前たちはもっと焦らない!!　この天下分け目の大合戦に、主力を外すと司空・曹操は言ってるんだぞ!!　なんで焦らないんだよ⁉

曹純　申し訳ございません!!

曹仁　勝てると思ってるのか⁉　お前たち腑抜けが前線で勝てると胸を張って言えるのか⁉
曹純　頑張ります！
曹仁　はい「頑張ります」とかいらない！「頑張ります」！　全然いらない！　世の中には「頑張ります」言う奴たいてい頑張らないー！　馬鹿もんが‼　李典《りてん》‼

一人の兵士が飛び込んでくる。
名を、「李典曼成《りてんまんせい》」。

李典　ハッ‼
曹仁　本当にわかってるのか⁉　夏侯惇も典韋《てんい》も許褚《きょちょ》も夏侯淵《かこうえん》も全員外されたんだぞ！　全員だ‼　それをお前が背負えるか⁉　この馬鹿もんが⁉　背負えると言ってみろ馬鹿もんが‼
李典　背負う気持ちで戦います。
曹仁　はい、気持ちいらないー！「背負う気持ち」の「気持ち」いらないー！　ここは背負えると言えばいいんだ、馬鹿もんが‼
李典　背負いま……
曹仁　背負えません！　馬鹿もんが‼　楽進《がくしん》‼

一人の兵士が入ってくる。

名を、「楽進文謙《がくしんぶんけん》」。
頭に岩が貼りついている。

曹仁　はい、頭に岩ついてる!!　馬鹿もんが!!

楽進　ですが私は、産まれた時から岩だと思っていましたからですから。

曹仁　なわけないだろ、馬鹿もんが!!　なんで「から」二回言うんだよ。

楽進　ですが曹仁様。あの人は私に新しい事を教えてくれました……。岩から産まれたものは、もう一人いると。その時、私は思ったんです。

曹仁　何をだ?

楽進　遙か天竺を目指すお坊様が出逢ったのは、岩に閉じ込められたとっても強い猿の神様でした。お坊様はその猿を助けてくれたんです。そして一緒に天竺を目指した。私は思ったんです、もしかしたら僕の名は、孫……

曹仁　違うわ馬鹿もんが!　孫悟空じゃねえわ!!

楽進　まだわからないだろ、沙悟浄。

曹仁　なんで俺がお前の下なんだよ!　馬鹿もんが!!

男が入ってくる。名を、「于禁文則《うきんぶんそく》」。

曹仁　于禁!!

于禁　あ、曹仁様おつかれっす。
曹仁　何だ、その態度は馬鹿もんが!!
于禁　え？　あ、すいません。自分は司空・曹操様に、兵千五百を任されましたもので……延津《えんしん》の防衛をお任せいただきました。
曹仁　そうなのか？
于禁　あ、はい。
曹仁　まあそれはいいが、今は大事な時なんだぞ！　俺が出た時にまず何よりもお前が一番に出てきて怒鳴られる！　それでこの軍の空気が成り立ってきたろうが！　わかってるだろ？　それが曹仁の兵法だろうが！
于禁　あ、そういうのは若いもんで。
曹仁　おい！
于禁　自分今、階段登ってる感じなんで……あ、はい。
曹仁　こんなあからさまな奴、いるか？　お前な、お前が登った時に下の奴らは見てるんだぞ。そういう時こそ、人間が問われるんだ。
于禁　あ、自分平均的な人間なんで、上のものには媚びへつらい、下のものは顎で使う、これでやっていこうと思ってます。平均なんで、自分。
曹仁　最低だよ、馬鹿もんが！
于禁　あ、これ曹仁様から学んだものです。
曹仁　おい!!……俺、そうか？

于禁　はい。
曹仁　違うよな？
全員　……。
曹仁　おい!!
楽進　たぶんそうだよ……筋斗雲。
曹仁　なんで乗り物なんだよ、俺が!!　全員、集合だ馬鹿もんが!!

曹仁の前で――隊列を整える。

曹仁　聞け!!　この度、呂布討伐を成功された我が殿、司空・曹操は袁紹との一大決戦の前に、全将軍を解任された!!　この意味がわかるか!?
全員　……。
曹仁　心意気を知れ、馬鹿もんが!!　この曹仁子孝とともに、名乗りをあげるぞ!!

全員が返事をしようとする時に、一人の武将が入ってくる。
名を、「典韋《てんい》」。

全員　ハ……典韋様!!
典韋　挨拶いいよ。

曹仁　返事する時に入ってくるな、馬鹿もんが。そう、典韋。この猛将・典韋も前線にはいないのだ。
典韋　いるよ。
曹仁　典韋は我が軍の先鋒の要。それが前線にいないという事がどういう意味を持つかわかるか。
典韋　いるよ。
曹仁　お前たちの誰かが先鋒を務める可能性があるという事だ。
典韋　いるよ。
曹仁　いないの!!　少し黙っとれ、馬鹿もんが!!
典韋　いるよ。
曹仁　わかったら少し黙っとけ。お前は然るべき時に出てくりゃいいから!
典韋　いるよ。
曹仁　お願いだから。マジで。マジで。
典韋　……。

——全員に真摯な声で話す曹仁。

曹仁　いいか、これは心底本音で言う。今こそ、我が殿であり友である曹操を助けてほしいと思う。あの男の盟友である袁紹を討つという事は、かけがえのない人を失うという事だ。その気持ちを汲んでやってほしい。袁紹と孟徳と私は、小さい頃からの馴染みだ。あいつの

典韋　気持ちを……汲んでやってほしい。
曹仁　……あんた。
全員　今こそ、曹操軍の力を見せつける時だ!!
曹仁　ハッ！
全員　猛獣と化せ!!
曹仁　ハッ!!
全員　一兵たりとも逃がすな！
曹仁　ハッ!!
全員　目の前にいる者は全員斬り捨てよ！　それが曹操軍だ!!
　　　ハーッ!!

――典韋が曹仁を斬り捨てる。

曹仁　なんでだよ!!
典韋　あんた……いいよ。
曹仁　じゃあなんで斬るんだよ!!

――しばらくその光景を見ていた荀彧と張遼。

張遼　一つ聞いていいか？
荀彧　はい。
張遼　お前ら、これでよく勝ってきたな。
荀彧　ええ、無敵です。楽進。
楽進　ハーッ!!

楽進が陣太鼓を鳴らす。
隊列を整える曹操軍。

荀彧　はいはい。えーこちらから伝える事は、前もって曹仁様が全部話しちゃいました。あ、作戦参謀を務める事になりました、新人の荀彧文若です。
曹仁　お前なんかに本当に務まるんだろうな。
荀彧　はい。四点と。
曹仁　おい何だ、それは。
荀彧　全軍に司空・曹操より伝言を仰せつかっております。本日、子の刻をもって全軍で徐州《じょしゅう》を獲りに行けと。
曹仁　何だと⁉
荀彧　あ、先陣を務める新しい将軍を紹介します。呂布の所にいた、張遼です。

——全員が殺気立つ。
典韋だけはそうしていない。

荀彧　はい皆……と。
張遼　聞いてないいんだけどな。
荀彧　発表、ここなので。
曹仁　荀彧……孟徳がそう言ったのか？
荀彧　ええ。それと、今回から点数制で役職が変動する事が決まりました。ポイントアップで昇格、減点あれば降格、最悪の場合、斬首になります。
曹仁　おい……!!
荀彧　ちなみに、今の張遼に殺気立った人間、典韋以外は全員八ポイントのマイナスです。あと二ポイントマイナスだと全員死にますから注意してくださいね。
曹仁　何言ってんだ、お前は⁉
荀彧　あ、曹仁様。出てスベる、マイナス。立ち方、マイナス。年齢に加えた演技力、マイナス。今、民草のランクの下になっています。
曹仁　なんでだよ？
荀彧　今、畑を耕す鍬《くわ》ですね。
曹仁　鍬なんてランクねえだろ。
楽進　くもだよ。

曹仁　黙ってろ!!
于禁　あ、僕の下ですよね。前、出ないで。そう、僕の後ろね。
荀彧　ああ、戦の指示はこの張遼が出します。それ以外の命を出せるのは、一人だけです。他は認めません。
典韋　……。
荀彧　あ、典韋は別の命《めい》があるから残ってて。
典韋　いいよ。
曹仁　それは孟徳か？
荀彧　勝手に話したと……。
曹仁　荀彧!!
于禁　ちょっと黙りましょうよ、ね。
曹仁　覚えとけよ。
于禁　その指示は、総大将・曹操様でよろしいですか？
荀彧　いえ……我が殿は、全軍の指揮権を破棄いたしました。つまりは、誰も曹操の命を聞かずともよいという事です。

――驚く全員。

張遼　それこそ聞いてねえなぁ。

荀彧　ええ。

張遼　負けるかもしれない戦から逃げるのか？

于禁　いえ、きっと誰よりも勝つ気でいますよ、あの人は。

荀彧　その一人とは、誰ですか？

——全軍！　我が曹操軍総大将は——

孫策が入ってくる。

孫策　——この孫策伯府が務める。

舞台、ゆっくりと暗くなっていく。

はるか遠くを見つめる周瑜がいる。

それを物陰から窺う男がいる。

名を、「袁術公路《えんじゅつこうろ》」。

入ってくる袁紹、傍らには、男がいる。

袁紹　何見てる？　ほら……行くぞ。

周瑜　……曹操とは、どんな奴だ？

袁紹　ああ？

周瑜　お前たちは昔馴染みだろ？
袁紹　まあな。
周瑜　人を人と思わん男か？　君主として、野望だけを持っている男か？
袁紹　（男に）……どうだ？
男　私には……わかりません。
袁紹　んじゃ、俺にもわからねえよ。
周瑜　……この男も知り合いか？
袁紹　まあ……そんなところだな。あ、よくあるだろ？　昔からライバルですげえ仲良くて、二人ともそれぞれに才があるみたいなやつ。
周瑜　ああ。
袁紹　でもって、その内実は嫉妬に溢れてて、いずれ決戦をする。物語によくあるやつだ。
周瑜　それで？
袁紹　そういうんじゃねえから、俺たちは。やめやめ、そういうの。嫉妬も憎しみもねえよ。ただ、仲はいいんだ、本当にな。
周瑜　お前は……変わった男だな。
袁紹　人がやってない道を行く。金も生まれも持ってんだ、できない事はねえよ。なあ？
男　……だと、思います。
周瑜　お前は自信があるんだな、いずれ来る決戦に。
袁紹　さあな。ただ俺の方が人に溢れてる、今のところはな……そうだろ弟？

——物陰に隠れてる袁術を追い詰める男。

袁術　へいへいへい、兄ちゃん。そりゃないぜ……。
周瑜　……袁術。
袁紹　そっ。俺の弟、腹違いのな。
袁術　頭が高いよ馬鹿野郎、俺は皇帝様だぞ。もうちょい、ほら。何こいつ、新入り？　兄ちゃん相変わらずモテるねぇ。
袁紹　張部ってんだ。こいつは強《つえ》えぞ。
袁術　ほら、頭下げんかバカタレが。弟だって言ってんだろ？
周瑜　……。
袁術　態度でかいねぇ、こいつ。俺んとこにいたら、もうそこに、階段に頭ガンガン打ちつけてやるんだけどね。
袁紹　兄ちゃんの部下だからな。
袁術　おっ、しゃくれもまだいんだなぁ、殺されてねえのか？
男　お久し振りです。
袁術　わかってんなら刀突き付けんじゃないよこのバカチンが。
袁紹　で、何よ？　お前も助けてほしいのか？
袁術　わかってるだろ？　遅かれ早かれ曹操来るよ、俺んとこに。だから兄ちゃんさ、うちにも

袁紹　軍勢貸してほしいんだよね、駄目かな？
袁術　お前一時期、絶縁するって俺に言ってなかったか？
袁紹　あれはだってあん時の話でしょ、兄弟喧嘩くらいするでしょうよ。俺、天子様にお前を皇帝にするって言われちゃったんだからさぁ。
袁術　天子様脅しておいてよく言うよ。
袁紹　頼むよ兄ちゃん、なあ。俺も一時期の勢いがさ、無くなって来てるんだよ、わかるだろ？天子様曹操に奪われるしよ、孫策の鼻たれも裏切りやがるしなぁ。
袁術　で、孫策何処にいるんだ？
周瑜　知らねえよあんな馬鹿。いずれ死ぬでしょ？
袁術　……。
周瑜　まあしょうがないんだけどな。親父の孫堅、闇討ちしちゃったの俺だから！　ハッハー！
　　　……何だと？

――驚く周瑜。

袁紹　やっぱそうなのか？
袁術　そうだよ。普通にやりゃ、だってあの親父最強でしょ、もう簡単にやれたよね、ああなると。長沙も貰えたし、いい事づくめだよ。
周瑜　……。

袁術　ああいうね、豪傑気取ってる奴ほど、簡単に死ぬんだけどね！　ハッハ！

――向かおうとする周瑜を、静かに男が止める。

袁紹　……ここで向かうようじゃ、軍師として国は建たんぞ。
周瑜　……。
袁術　何今、すごい殺気感じたんだけど。物凄いきた、一瞬で。
袁紹　気のせいだろ？　孫堅は人気者だったからな。
袁術　好きだよねぇ、ああいうの。想いが泣けるーみたいな。ばっかじゃねえの。ずっと死ぬフラグ立ってるじゃん。なんでわかんないのかね！　ね！
袁紹　お前凄いな。出てきて三分で嫌われるっていう感じが。
袁術　え？　嫌う方が馬鹿でしょ、いいでしょ、別に。頼むよぉ兄ちゃん。ここは仲直りで行こうよぉ。人という字は人と人とが重なり合ってるんだよ。
袁紹　良く言えるなその口で。
袁術　兄ちゃんー！
袁紹　わかったよったく。
周瑜　……袁紹！
袁紹　黙っとれ。
袁術　あいつ呼び捨てにしてたよ。

袁紹　いい。その代わり、お前なんか持ってんだろ？　土産を。
袁術　土産？　ないよ。
袁紹　嘘こけ。俺が承諾しなかった時の為に、お前は絶対に用意してるはずだ。
袁術　……。
袁紹　早《はよ》う話せ。
袁術　兄ちゃん、やっぱ抜け目ないよねぇ。……曹操軍が動き出してる。だが、向かうのはこっちじゃねえ。徐州だ。
袁紹　……ほう。
袁術　やっぱ曹操のガキは劉備が気に入らないらしい。あそこを一番に収めるって事だろ？　劉備は死ぬなぁ。
袁紹　だ、そうだ。張部、向かえ。
周瑜　……。
袁紹　徐州には妻も残してるだろ、あいつは……お前と関わりは？
周瑜　お前……。
袁術　なに、劉備助けるの？　いらないだろあんな乞食。
袁紹　俺には俺の流儀があるんだよ。行け、張部。お前は、俺の部下だぞ。
周瑜　……。

周瑜はその場を離れていく。

袁紹　お前も行け。
男　……まだここに、残らなければなりません。
袁紹　どうして？

――突然現れる「誰か」。

袁紹　……ほいほい。袁術、後でちょいと付き合えよ。
袁術　戦じゃないのかい？
誰か　これもある意味、戦だよ。
袁紹　やれやれ、人助けをしてる場合じゃないでしょう。それもあんたの、未来かい？　あんたは、あんたの名を見つけなきゃ。
袁紹　お前は見えない、って事にしたんだよ。
袁術　ん？
誰か　そんなの通用しないよ、必要とするんだから。
袁紹　今は呼んでねえぞ。
誰か　今はなくともいずれ呼ぶ。何度も何度も現れる。
袁紹　迷惑だなぁ。
袁術　兄ちゃん、誰と話してんだよ？

男　……私とです。
袁術　ん？　でも……
袁紹　今は好きにやらせてくれよ。
誰か　その器でいいのかい？　本当にそれでいくのかい？
袁紹　駄目な理由はあるのか？
誰か　あるよ。
袁紹　何故？
誰か　あんたが天下を獲るからさ!!

——雷鳴が鳴り響く。

袁術　うわあっ……!!

虫夏が飛び込んでくる。

袁術　何だよ全く……
虫夏　何故、この男はごまかした？　こいつは見えてるのか？
袁紹　誰だお前は？
虫夏　……。

男　袁紹様……このものは……

誰か　こっちもわけありでねぇ。めんどくさいなあ。

袁術　おいちょっと……おかしいぞ兄ちゃん。

誰か　虫夏……力を使いなさい。

虫夏　え？

誰か　いいから、あんたの力、こいつに入れ。使えるだろ、早く!!

虫夏　……。

誰か　早く！

虫夏が袁術の中に入っていく。

袁術・虫夏　どういう事だ⁉

袁紹　こっちの台詞だろ、それは。

誰か　申し訳ないがわけありだと言ったろ。虫夏、天の龍様の七番目の子さ。

袁術・虫夏　この男にも憑いてるのか？

誰か　黙りなさい。龍の子はそれぞれ特技を持っててね、この虫夏は誰かの中に入る事ができるんだ。

袁術・虫夏　……。

男　袁紹様……。

袁紹　って事は……俺以外にも選ばれてるのがいるって事だな。
誰か　そうだよ、言ってなかったっけ？
袁紹　……必要以上には話さんようにしてたからな。
誰か　これが出来損ないでね、龍様に頼まれて世話をしてる。天下の才を選んでやろうと思ってね。
袁術・虫夏　私の質問に答えろ！
誰か　次に話すと夏の虫にするよ。これでも愛情を持ってるんだ。
袁紹　初めて聞くが……お前の名は？
誰か　そいつにつける名前でいいよ。
袁紹　ふざけるな。
誰か　そりゃそうだ。虫夏、ちゃんと教えたげるよ。私の名は、螭吻《ちふん》。天の龍様の……
螭吻・男　一番目の子さ。つまり、一番偉いんだ。
袁術・虫夏　……どうして、この男と……。
螭吻　あんた、何にも知らないんだねぇ。私は何でもできるんだよ。そして私の特性はね——
男　人を産み出せるんだ。
袁紹　……。
虫夏　そんな……？
螭吻　そうだよ、この男は……私が創ったんだよ。ね、袁紹。
袁紹　……もう一つだけ聞く。

蟎吻　何さ？
袁紹　曹操には、九子は憑いているのか？
蟎吻　言えるわけないよな。虫夏。
袁紹　ではやはり、お前は見えないという事にしよう。行くぞ。
男　……はい。
蟎吻　あんたの業を、ちゃんと背負って貰うよ。でなきゃあんたは……
男　死ぬだけだ。
袁紹　……あまりこいつを……馬鹿にするな。

その場を去っていく袁紹と男。

蟎吻　行くよ虫夏。ちゃんと選んでやるから。
虫夏　……。

——二人はいなくなる。
袁術が一人残される。

袁術　あれ……俺、今誰かと……あれ……。

いぶかしげにその場を去る袁術。

★

――場面は、戦へと移っていく。
孫策が徐州を攻めている。
入ってくる荀彧。

孫策　どうした？
荀彧　急ぎ洛陽《らくよう》へと。
孫策　総大将を任されたんじゃなかったのか？
荀彧　ですから、でしょう。この後の指示は？
孫策　言われなくとも、張遼に伝えてある。

――その場を離れる二人。

★

張遼が攻め込んでいる。
まっすぐにその場に向かっている張遼。

★

――場面は、幽州《ゆうしゅう》へと移っていく。
勢いよく、敵を倒し続ける顔良。

入れ替わるように、文醜が敵をなぎ倒していく。

文醜　こんな所に時間を割いてる場合じゃないのよ全く。

——馬超が戦っている。

馬超　そうよ全く……。
文醜　さまになってるわよ。
馬超　そうか？　まだ実はしっくり来てないんだけどな……。
文醜　そういう所から意識するの。

向かってくる敵を斬りつける文醜と馬超。

二人　どんだけー！

入れ替わるように、張飛と関羽が戦っている。

関羽　いいのか⁉
張飛　何が？

関羽　公孫瓚殿と劉備は竹馬の友だろ？
張飛　わかってるよ、俺もあのおっさん好きだからな。だけど、ここで半端は見せられないだろうが！
関羽　殺さないようにしてるくせに、よく言うよ。
張飛　あ、ばれた？
関羽　張飛、死ぬなよ。
張飛　兄ぃ、大好き。
関羽　気持ち悪い事言うな。
張飛　あ、馬超に言うの忘れてた!!　公孫瓚との仲。やべえ、やっちまう。
関羽　早く行け!!
張飛　あいよぉ!!

張飛、一度その場を離れるが戻ってきて——。

張飛　あいつさ、オカマみたいになってんの笑けるな!!
関羽　いいから行け!!
張飛　兄ぃの方がよっぽどオカマなのにな。
関羽　ん？　おい、ちょっと待て……
張飛　行ってきまー!!

張飛がその場を離れていく。
戦っている関羽の前に――周瑜が現れる。

周瑜　……。
関羽　あんた……
周瑜　――急ぎ徐州に戻れ。急ぐんだ。
関羽　どうして⁇
周瑜　曹操軍の目的は徐州だ――そこに劉備は妻子を残してる。
関羽　⁉

驚く関羽。

周瑜　――お前の、姉だろ？
関羽　……⁉

その場を離れていく関羽。
周瑜が戦っている。

周瑜　魯粛《ろしゅく》……!!

一人の男が飛び込んでくる。
名を、「魯粛子敬《ろしゅくしけい》」。

魯粛　ハッ。
周瑜　急ぎ孫策のもとまで。袁紹も……業を持っていると伝えてくれ。
魯粛　それは……!?
周瑜　それだけでわかる。今は話せん。
魯粛　わかりました……。

その場を離れていく魯粛。
突然、周瑜の傍に「誰か」が現れる。
龍生九子。名を、「贔屓《ひき》」。

贔屓　孫策と二人で何かしようと思ってたみたいだけど、無駄だよ。私はあんたに憑いたんだから、孫堅の次に。
周瑜　黙れ――――!!

突然——周瑜が怒鳴りだす。
周瑜は、「新たな誰か」に話しかけられている。

周瑜　……お前の言葉など、信用しない……。
贔屓　皮肉なもんだねぇ。ま、いいわ。天下を獲るの、あんたは。みーんな殺してね。嫌がるんなら、孫策も殺しちゃおうかしら。
周瑜　……次にその言葉を言ったら許さんぞ。

——雷鳴。
その場を離れていく周瑜。

★

場面は洛陽へと移っていく。
かしづく家臣一同の中——
献帝《けんてい》である、「劉協伯和《りゅうきょうはくわ》」が座っている。
入ってくる男、名を「劉表景升《りゅうひょうけいしょう》」。

劉表　……参内をお許しいただき、光栄でございます。
劉協　お前は？
劉表　姓は劉表、字《あざな》は景升と申します。献帝の庇護のもと、荊州《けいしゅう》を治めさせていただいております。

劉協　顔を上げろ。

劉表　はっ。

劉協　……どこかで見た顔だな。

劉表　そうですか？　よく言われる事があります。よくある顔なんでしょうな。私は姓は劉表、字は景升。ちなみに、さっき毒づいて嫌われかかっていた男は「袁術」と申します。

劉協　誰に向かって話してる？

劉表　あ、いえ、混乱を招かぬようにとの……。

劉協　いい。ややこしいの。

劉表　皆で董卓を討ち滅ぼしたのち、天子であるあなたを傀儡《かいらい》としたのが、あの袁術であります。

劉協　あいつの事はわかっている。

劉表　誰もがあの時のあなたを憂いておりました。私も同じであります。

劉協　別にいい。

劉表　そのあなたに皇帝を賜るなどもってのほか……地方の君主はおろか、民草まで袁術の皇帝即位など笑いの種となっております。

劉協　その話はいいと言ってるだろう、何が言いたい？

劉表　ええ、つまり……私とあの男は似ても似つかないと言いたいのです、顔は一緒でも。私は姓は劉表、字は……

劉協　もういい。

劉表　お耳に入れたい情勢がございます。
劉協　戦か？
劉表　はい。可能であるならば……人払いを……。
劉協　……。
劉表　天子・劉協様……あなたの身を案じての事です。できれば……
劉協　すまんができないのだ。朕が何かを謀れば、その謀《はかりごと》がありもしない疑惑となり情勢を変えていく。これは、私が自ら学び決めた事だ。
劉表　……その年でそれを仰るあなたは大したものです。

一人の男が入ってくる。
名を、「黄忠漢升《こうちゅうかんしょう》」。

劉協　このものは？
劉表　黄忠と申します。私が出逢った中で一番の剛の者。あなたへ献上いたします。身の守りを。
黄忠　……。
劉協　何故？
劉表　後に始まる大戦から、あなたの奪い合いとなるでしょう。従わなければ、命を狙われる事も。
劉協　……そうだろうな。やはり袁紹と……

劉表　今、全国が曹操に包囲を広げております。袁術然り、張繡《ちょうしゅう》然り、張楊《ちょうよう》然り。あの乱世の奸雄も切り抜けるには相当に厳しいでしょう。

劉協　だが抜ける……曹操はな。

劉表　……そうなれば、全ての勢力が二つに分配される、天下分け目の大戦になります。

劉協　お前は？

劉表　私は……袁紹と同盟を……後に全国もそうなるでしょう。

劉協　ではこれは袁紹の差し金か？

劉表　いえ、独断です。天子様……どちらが勝ったとしてもあなたの身に幸運は起こらぬでしょう。ですから、いざという時には荊州に。

劉協　……。

劉表　このものを使えば荊州までは何とか来られるでしょう。

劉協　お前も私が欲しいか？

劉表　いえ、もとより天下を獲るには足らぬ器の身、人払いを頼んだ事こそ見間違えておりました。公明正大に……。

劉協　そうか。

劉表　献帝……お命を大事に。

劉協　劉表……私は生き抜いて切り開くのだ。そう決めてる。

その場を離れていく劉表。

劉協　顔を上げろ。
黄忠　いえ……。
劉協　何故だ？
黄忠　帝に上げる顔などは持っていません。
劉協　……お前の君主は本物か？　謙遜しているが天下を獲れるか？
黄忠　私に見極める才はありません。ですが私はあの人の為に死ねます。
劉協　……全員、席を外せ。
家臣　しかし……。
劉協　外せ。

――家臣一同が席を外す。

劉協　お前は、友になれるか？
黄忠　滅相もありません。
劉協　ではなれ。そして、今からは顔を上げるな。
黄忠　どういう意味でしょう？
劉協　……お前は私の命を心配してくれるか？
黄忠　……それは……。

劉協　お前ではない。顔を上げずにいろ。どうだ？

入ってくるのは、曹操である。

曹操　どうでしょう。守られる命を望むなら、話は別ですが。
劉協　また謎かけか曹操？　久し振りに逢ったというのに。
黄忠　……!?
曹操　何人目ですか？　あなたの命を案じに参内するのは。
劉協　わかっておったか……これで、四人目だ。誰もが欲しいのは、私という後ろ盾だという事だな。
曹操　ええ。
劉協　お前もそれを望むか？
曹操　……。
劉協　……くだらん質問だな。さっきはああ言ったが……お前と謎かけをしたいと思っていたんだ。ここにいるよりは中原《ちゅうげん》に出たい、あの時みたいにな。それはきっと……私も探してるんだろう。生きる意味を探す為に……

——曹操は黄忠の顔を上げようと頑張っている。

劉協　おい曹操？

曹操　申し訳ない。顔を上げそうで上げないものだから。このものは？

劉協　いいんだ、そいつは。それより曹操、大丈夫なのか？　相当苦しいと聞いたぞ。私がお前を案ずる事はできんが……お前はここで終わる男では……

――曹操はしつこく黄忠の顔を上げようと頑張っている。

劉協　おい曹操!!　真面目に聞け！

曹操　申し訳ない。

黄忠　……覚えとけよこの野郎。

曹操　まあ、この男くらい踏ん張らんといかんという事でしょうね。

劉協　お前は私に何かを頼みに来たのではないのか？

曹操　いえ、その逆です。

――荀彧と共に、孫策が入ってくる。

曹操　我が軍の全権をこの男に託したので、その報告を……。

孫策　お前……

曹操　初めてだろ、天子様にお逢いするのは。お前の親父も叶わなかった事だ。

劉協　このものは……。
曹操　長沙の太守であった孫堅の息子・孫策です。どうあっても袁紹に勝つのは厳しい、だからこその全権委任です。
劉協　大丈夫なのか？　ただでさえ袁紹の兵力はお前より……
曹操　このものには才があります。天下の器だ……例え業に選ばれていないとしても……少しも気にする事はありません。

――驚く孫策。

孫策　お前……どうして業を……
曹操　挨拶が先だ。礼をわきまえろ。
荀彧　孫策殿。
孫策　……。

礼を正す孫策。

孫策　参内の儀、光栄に存じます。天子様。
劉協　もう天子ではない。
孫策　父より、天子様のお話を伺っておりました。父であれば、そう頭を下げると。ご無礼をお

劉協　許しください。
孫策　……そうか。
劉協　戦をただし――一刻も早く平定の世を創りたいと思っております。
孫策　一筋縄ではいかんぞ。
劉協　ですが、その為に産まれたと。
孫策　曹操と一緒にはやらんのか？
劉協　……。
孫策　酷な質問か？
曹操　いえ、曹操殿とは目指す国創りが違います。私の意に沿うのであれば、力を共に。
劉協　献帝よ、この戦を乗り切った暁には、褒美をいただきたい。
曹操　褒美？　何だ？
劉協　孫堅の悲願である江東一帯を孫一族に。治めるべき男です。
荀彧　……孫策、それで構わぬか？
孫策　孫策殿、返事を。
劉協　……いえ、誰かに言われる褒美などはいりません。手柄をもって、自ら参内に伺います。
曹操　はは……これはお前の負けだな、曹操。
劉協　それこそ、器ですよ。
曹操　だが、どちらにせよ勝たねばならんが……曹操、本当に行けるのか？
　　　「三人」とだけ……答えておきます。

劉協　また謎かけだな。
曹操　それよりも献帝。あなたは袁紹ではなく、私に勝ってほしいのですか？
劉協　それはこの場では言えん。
曹操　あいつもあなたから大将軍を貰った身。天下の太陽がえこひいきをしてはいけません。
劉協　そういうつもりではない。ただ……
曹操　ただ？
劉協　私は……お前からまだ学びたい事があるのだ。
曹操　では、私ですね。
劉協　公ではなく、私としての意見だ。あくまでな。
曹操　だってさ。

――袁紹が入ってくる。

袁紹　ひどくね。
曹操　なあ。
劉協　袁紹⁉
袁紹　帝ちゃん、それはちょっとひどくね。公平にいこうよ。
黄忠　出合え‼　出合え‼
孫策　何を考えてる？

袁紹　お、孫策じゃん。やっぱお前んとこいたか？　予想通りだ。

——兵士たちが取り囲む。

袁紹　やめとけ、全員死ぬだけだぞ。これ無駄な時間。
劉協　お前たち……お前たちは、戦っているのではないのか⁉
曹操　戦っていますよ、本気でね。
黄忠　献帝をお守りしろ‼

襲いかかる兵士を、飛び込んできた典韋と男が止める。

袁紹　どちらにせよ国が荒れる事になるんで、ご挨拶に来たまでです。
曹操　同じく。
袁紹　どうだ孟徳、結構お前んとこに包囲網ができてるぞ。俺んとこ来る前に終わって貰っちゃ困る。
曹操　すぐ追いつくだろう。
袁紹　兵でも貸してやろうか？
曹操　だと、助かるな。
孫策　お前ら、何を考えてる？

曹操　何も考えてはいないさ。
袁紹　ただ……お前には教える事があるぞ。天下を獲る為にはな。
曹操　献帝よ、場所を決めておきましょう。
袁紹　お望みならその場所を……。
劉協　私に……わかるはずなどない⁉
曹操　ならば……

——曹操軍VS袁紹軍。

二人　官渡。この場所で。

その場を去っていく二人。
——孫策もまた、その場を後にしていく。

劉協　わかるか？　この状況が……。
黄忠　……。
劉協　友として答えろ？　早く‼
黄忠　ならば……

黄忠は劉協をぶん殴る。

黄忠　曹操にくだらねえ事させせんじゃねえよ、このバカタレが!!
劉協　ええ!?
黄忠　ずっと顎が痒かったじゃねえかこの野郎。
劉協　……すまない。
黄忠　あいつらはキチガイだ。お前にはかれるもんじゃねえよ。胸張って面構えだけしっかりしてろ。命だけは……死んでも守ってやる。

その場を離れていく二人。

★

張遼が戦っている。

張遼　!?……あいつは。

――遠くにいる関羽を見つける張遼。

張遼　……あれは――黄巾の……。

向かおうとするが、そこに于禁が飛び込んでくる。

于禁　司令官。ご指示を。
張遼　てめぇでやっとけ。
于禁　申し訳ありませんが、そういうわけには行きません。
張遼　ならここで死ぬんだな。
于禁　私、防衛専門でして、防衛する事には長けております。ですから死ぬ事はないと思われます。ですが、攻撃に長けているわけではないので、ここの敵兵が減る事はないと思います。例えるなら、一長一短。ですが、その例えを言っている暇もないほどに、私の軍は減ってきております。ですがそもそも……

張遼　何でもいいから戦えよ!!

張遼、幾人かを斬り殺し――。

于禁　それはご指示と捉えてよろしいのでしょうか?
張遼　そうだよ。ちょっと行くところがあるんだ。
于禁　わかりました。ですが、ここで戦った所で私がここに来た理由は解決しておりません。ですが、それをおしてと。おしてと。ですが、
張遼　ですが、ですがうるせえな!!　向こう行ってろ!!

于禁　ありがとうございます。

于禁、一人を斬り殺し、

于禁　今、一人を斬りました。平均的な私が平均を超えた所です。ですが……

張遼はぶん殴り、于禁を退場させる。

張遼　ったく……

——物凄い勢いで楽進が敵をなぎ倒す。

張遼　お前やるじゃねえか。ここ任せるぞ。
楽進　わかったよ……猪八戒。
張遼　どう見たら⁉

張遼はその場を駆け抜けていく。

★

馬超が戦っている場所に、劉備が飛び込んでくる。

劉備　馬超……!!　馬超!!

馬超　どうしたのよ、おりゅうさん。

劉備　気持ち悪い呼び方すんじゃねえよ。やめろ、あんま傷つけるな。

馬超　どうしてよ?

劉備　急いで戦ってる振りして公孫瓚匿ってくれ!!　お前にしかできないんだ。

馬超　どんだけー?

劉備　ここにもし曹操軍でも来たら流石にできなくなる。お前の迅さで何とかしてくれ。夏侯惇とか来たらやべえだろ!?

馬超　とんだけー?

劉備　何でもいいから早く行け。震えが来始めてるんだよ、良くない事が起こる!

馬超　でもどうして?

劉備　公孫瓚は俺の親友だ!!　それに、あいつの所には趙雲《ちょううん》がいる。絶対にあいつは俺の配下にするんだよ、そう決めてんだ。

馬超　あのいい男ね——わかったわよ。

　　馬超がその場を離れていく。

劉備　くそ、張飛……関羽……やべえ!?　やべえ……!?

震えが止まらない劉備。
その場を逃げるように去っていく。

★

幽州。
傷つきながら戦っている男がいる。
名を、「公孫瓚伯圭《こうそんさんはくけい》」。
そこに飛び込み、敵を蹴散らす武将。
名を、「趙雲子龍《ちょううんしりゅう》」。

趙雲　公孫瓚様!!　一旦ここを離れます！
公孫瓚　まだだ。
趙雲　駄目です。このままでは……あなたの命が……。
公孫瓚　そう見せかける為の戦なんだよ。趙雲、二百の兵をもって幽州から河北《かほく》を助けろ。
趙雲　しかし……。
公孫瓚　籠城なら誰にも負けねぇよ。俺を、信じられんか？
趙雲　公孫瓚様……。
公孫瓚　頼む。まだ生きてる奴らを全力で守ってくれ。
趙雲　……わかりました。

去ろうとする趙雲。

公孫瓚　趙雲……！　まだまだ……夢見ろよ!!
趙雲　あなたと、です！

一斉に兵士たちが駆け込み、二人に襲いかかる。
全ての敵を倒し、公孫瓚と共にその場を後にする趙雲。

★

——曹操が敵を斬り刻んでいく。
飛び込んでくる孫策。

孫策　なんであんたが前線に出てる。
曹操　ならば指示を出してくれ、総大将。
孫策　徐州は俺で何とかなる。
曹操　ならば俺は何処に行けばいい？
孫策　その前に答えろ？「三人」とは？
曹操　答えろという命令か？
孫策　そうだ。

曹操　一人はお前。わかってると思うが、もう一人は張遼だ。
孫策　ならば……
曹操　徐州を獲ればわかる。
孫策　おい！
曹操　部下が君主に謎かけをする事もあるだろう。それよりも、指示を。
孫策　……好きにしておけ。
曹操　感情で遊ぶ時間はない。使える配下を死なせたままか？
孫策　南陽郡を攻め立てろ!!　あんたなら張繍ぐらい余裕だろ。
曹操　御意。
孫策　後に合流しろ、徐州をお前にくれてやる。

——その場を飛び出していく孫策。
曹操に襲い掛かる敵を典韋が飛び込み斬っていく。
入ってくる荀彧。

曹操　やめておけ。
典韋　でも……
曹操　お前は前線から外したはずだ。
荀彧　既に許褚・夏侯淵で南陽郡は落としてあります。降伏は、時間の問題だと。

曹操　減点だな、荀彧。
荀彧　戦に勝って……
曹操　聞こえなかったか？　遊ぶ時間はないと言ったんだ。お前も軍師を外したろ。
荀彧　……殿。
曹操　典韋に命を伝えておけ。減点が続けば、お前とて斬首だ。
荀彧　ハッ。
曹操　南陽郡から撤退させろ、俺が行く。お前は孫策と共に戦以外の事をしろ。

その場を離れる曹操。

典韋　……怒ってる。
荀彧　典韋……お前への命は、二つある。一つは……「何があっても戦うな」だ。
典韋　……。
荀彧　返事は？
典韋　……いやだ。

その場を離れていく典韋。

★

遠くに戦場の喧噪が聞こえる中、公孫瓚のもとに兵士が駆け込んでくる。

兵士　袁紹軍に完全に包囲されました。我が軍の兵は、ほとんど残っておりません。
公孫瓚　そうか……さて、行くとするか。

そこに袁紹軍兵士たちが雪崩込む。

袁紹軍兵　公孫瓚!!

馬超が飛び込んできて、袁紹軍兵士を斬り倒す。

馬超　……あんたは、俺が何としてでもここから連れ出す！
公孫瓚　お前は……

そこに劉備が駆け込んでくる。

劉備　公孫瓚……
公孫瓚　おお、劉備。久し振りだな。良いの見つけたじゃねぇか。
劉備　馬超だ。こいつなら、あんた一人ぐらい何とでもなる。ここから出るぞ！
公孫瓚　余計なお世話だ、ほっとけ。

劉備　あんた、このままじゃ本当に死ぬぞ!!
公孫瓚　馬鹿野郎!!　俺を守る為に配下が命かけてんだ!!　俺だけ逃げられるか!!
劉備　公孫瓚……
公孫瓚　劉備……なら、一つだけ頼んでもいいか？
劉備　何だよ。

公孫瓚は、突然土下座する。

公孫瓚　趙雲を頼む!!　引っ張ってでも、あいつを配下にしてやってくれ……!!　あいつに天下の夢を見せてやりてえんだ……頼む……頼む!!
劉備　あいつは……お前にしかつかねえよ。
公孫瓚　いいや……お前はな、馬鹿で、調子良くて、意気地も根性もねえが……俺はな、お前ならいけると思ってんだ。昔からな……。だから、趙雲を頼むぞ。
劉備　公孫瓚……
公孫瓚　……さて……白馬長史の実力、見せてやるか。

闘いに赴く公孫瓚。去り際、

公孫瓚　劉備……天下獲れよ（笑）。

劉備と馬超を残し、去る公孫瓚。
舞台、暗くなっていく。

★

関羽が必死に徐州を防衛している。

関羽　……え？

その中の兵士が一人――。

兵士　張角……様……。

――その兵士の一人は、黄巾党である。
驚く関羽。
――瞬間襲ってくる、かつて黄巾党の兵士であった一人の男。
名を、「関平《かんぺい》」。

関平　死ねえ!!

弾き飛ばす関羽――斬ろうとするが……

関羽　あんた……!?
関平　張角様……!?
関羽　生きてたのね……生きてたのね!!

その場を離れる関平。

関平　……。
関羽　どうして……?　あなた……曹操軍にいるの!?

関平は逃げていく。
追いかける関羽の前に立ちはだかる張遼。

張遼　お前……。
関羽　……!?
張遼　……。

襲いかかる張遼。

関羽　お前も……曹操軍にいるのか？
張遼　お前まだ劉備の所にいんのか？
関羽　呂布は……
張遼　業はどうなった？　お前は持ってたんだろ？
関羽　黙れ！
張遼　誰が天下を獲ろうがどうでもいいんだ。それだけ教えろ？

戦いながらその場を斬り抜けていく――。

★

――無残に敵を斬り殺している男がいる。
その場に――周瑜が入ってくる。

周瑜　……。
男　……。
周瑜　趣味のいい戦い方ではないな。
男　戦に趣味もくそもない。
周瑜　公孫瓚は私が生け捕る。残せば――配下も取り込めるだろう。袁紹軍にとっては必要な事だ。

男　その必要はない。これは既に残党軍だ。

周瑜　何だと？

男　公孫瓚は既に殺した。配下もいない。

蝙蝠がふらりと現れる。

螭吻　袁紹がお前を欲してる。さっさと行くよ。

男　……。

歩き出す螭吻。

ふと――周瑜の後ろで振り返り――。

螭吻　見えてるくせに――――!!

驚く周瑜。

螭吻　だからこいつは駄目だよ。もういるから。

――目線の先に、虫夏がいる。

IOI　リインカーネーション　リザルブ

蝙蝠　天下の才と言ったって、九人もいれば意味ないんだよ。天の龍様はいたずらが好きだ。

舞台、ゆっくりと暗くなっていく。

★

場面——張遼と関羽が戦っている。

張遼　黄巾党がなくなって——新しい居場所を見つけたってわけだ。
関羽　そういうわけじゃない。
張遼　お前らが裏切らなきゃ、呂布は……奉先は死ななかった。俺はそう思うぞ。

関羽を追い詰める張遼。
襲いかかった瞬間——孫策が止める。

孫策　そこまでだ……!!

関羽の前に孫策が立ち——驚いた顔をする。

孫策　……お前か……三人目は……。

曹仁・荀彧が入ってくる。

曹仁　既に徐州は陥落した——女子供、全て生け捕ったぞ。
関羽　待て……!!
荀彧　孫策殿の命令によっては——全員を殺しましょう。指示を……。

孫策は張遼と関羽を見つめ——。

孫策　張角……。
張遼　こいつは既に張角じゃねえだろ。関羽雲長。劉備んとこの、義兄弟だ。
孫策　お前を……
荀彧　総大将。戦に勝つ為にあなたはここに来ています。あなたの思惑も、全て飲み込んだ上。我々は、本気です。
孫策　お前を捕縛する。……曹操軍まで、来て貰おう。
関羽　……。

舞台、ゆっくりと暗くなっていく。

★

袁紹軍が宴会をしている。
盛り上がる袁紹軍。

袁紹　そろそろ、日を跨ぐぞぉ。更にエンジンをかけろやぁ。
袁紹軍　イェーイ。
文醜　それにしてもあっという間だったわねぇ。なんだろう、時代に乗ってる感あるわよねぇ。
顔良　俺たち。今。来てる。
袁紹　当たり前だろ。
顔良　嬉しい。袁紹。喜ぶ。嬉しい。
馬超　その歌にするってのいいわよねぇ。はぁ。
文醜　あら、かわいこちゃん、どうしたのよ？　元気ないわねぇ。
馬超　劉備の兄ぃの事考えるとね、あんま喜べないかなって、感じ？
文醜　それはしょうがないじゃない。
沮授　日を跨ぎました。
袁紹　あい。
馬超　本当にそう思う？
文醜　当たり前だろ。男ってのは決めた事をやる。それだけだ。
馬超　え？
文醜　迷うな若造!!

馬超　え？　え？　どうしたのよ、あんた。
文醜　何が？
袁紹　文醜はな、一日ごとに男と女が入れ替わる。今、日を跨いだ。
馬超　ええ？
文醜　女の腐ったみたいな顔すんじゃねえよ、若造が！
顔良　誰もが。一度は。振り返る道。
馬超　どんだけ格好いいんだあんたは⁉
袁紹　そうでもねえけどな。
顔良　あなたの愛をもっと。温もりを……
袁紹　黙れ。
顔良　黙る。

劉備が入ってくる。

袁紹　おお、劉備。遅《おせ》えじゃねえか。騒げ。
劉備　……袁紹。公孫瓚の最期は……どうだった？
袁紹　おお、生け捕りにしたからな。死んでねえよ。向こうで寝てる。
劉備　お前……本当か⁉
袁紹　あ、嘘。

劉備　嘘つくなよ!!……やっていい冗談と悪い冗談があるんだよ。
袁紹　そんなもんねえよ。ほら、騒げ。
劉備　そんな気分じゃねえんだよ!!
袁紹　覚悟もねえのに、人に頼むんじゃねえよ!!
劉備　……。
袁紹　てめぇが配下に見せたい夢は、くだらねえな。
馬超　……俺の殿を下に見んなら、ひとりでもやるぞ、おら。
袁紹　……いいじゃねえか。本当にお前は人に恵まれてるなぁ。曹操の言った通りだ。
劉備　うるせえ。
沮授　袁紹様――曹操軍は南陽郡を手に入れました。そのまま、徐州を陥落させ、残る軍勢で袁術に向かっております。
劉備　ちょっと待て……待ておい!!
沮授　劉備殿の徐州は既に曹操に獲られております。
袁紹　大した迅さだなぁ、あいつは全く。おいお前ら、曹操軍の戦勝祝いも一緒にやってやれ
袁紹軍　……!!
袁紹軍　イェーイ!!
劉備　馬鹿にすんじゃねえ!!
袁紹軍　……。
劉備　……お前、狂ってるぞ。

袁紹　褒め言葉だよ。田豊、ちょっくら出てくるわ。より楽しんでやるように。
田豊　かたじけないのぉ。

――全員が騒ぐ中――馬超が劉備に駆け寄ると、

馬超　兄ぃ……。
劉備　チキショウ……関羽は？　張飛は……？
馬超　わりい……探したんだけど、いねえんだ。どこにも……。
劉備　なあ馬超……やべえんだ……震えが止まんねえんだよ……探してくれ……頼む……探してくれ。
馬超　わかった。兄ぃ！　俺見ろ……大丈夫だ。

騒ぐ袁紹軍と対照的な二人がそこにいる。

★

趙雲のもとに、荀彧が入ってくる。

荀彧　公孫瓚殿が……討ち死にいたしました。白馬長史の名に相応しい、見事な最期だったそうです。
趙雲　……公孫瓚様。

駆け出そうとする趙雲。

荀彧　何処に行かれるのですか？
趙雲　袁紹を……殺す。
荀彧　曹操様のところに行きませんか？

趙雲、荀彧に刀を突きつけ

趙雲　ふざけた事を抜かすな。
荀彧　……本気です。公孫瓚様には私も感謝しています。ですが……出逢いました。
趙雲　……。

荀彧、その場を去ろうとする趙雲に

荀彧　あなたを、必要としています。きっとあなたも……
趙雲　俺は……お前とは違う！

趙雲はその場を去る。

★

――夜半――宮廷。劉協がいる。

劉協の背後に――袁術がそっと現れる。

袁術　天子ちゃんよぉ。

劉協　……袁術か。

袁術　お前、裏で何かしてるんじゃないだろうなぁ。

劉協　その口の利き方はどうにかならんのか？

袁術　何が？

劉協　皇帝を騙る事も黙認してる。

袁術　当たり前だろ……お前なんかただの飾りなんだから。なんで俺がここに入れるかわかるか？　握ってるからよ！　お前の配下も、親族も。

劉協　……。

袁術　献帝の名のもとに全国から俺んとこに兵を集めろ。袁紹にも曹操にもびびって従ってるだけの奴がいる。そいつら集めりゃ、二人に負けない勢力になるから。

劉協　そんな事はできん。

袁術　できなくてもやれ。時間がねえんだよ。

劉協　できん。

袁術　曹操が南陽郡と徐州を落とした……残ってるのは俺のとこだけなんだよ。お前なんかして

劉協　るだろ？　あいつ贔屓《びいき》のお前は必ず……してんだよ。
袁術　何もしてない。ただ、あいつが迅いだけだ。
劉協　いいか？　今、俺がお前を殺しても、何にも言われやしねえよ。そういうの含めて、金握らしてんだよ。お前って不幸だよな、お前には誰もいない。
袁術　……これだけ顔は一緒でも、劉表とは、似ても似つかんな。
劉協　明日の朝、天下に号令を出せ。献帝の名のもとに袁術が号令をかける。
袁術　わかった。明日の朝で……いいんだな？
劉協　ああ。

――袁術の背後から曹操が刀を突き刺す。

袁術　……曹操。
曹操　献帝は間違えてないぞ。明日になれば号令がかかったのにな。
劉協　……やはり来ると思ったぞ。
曹操　迅さをお褒めいただいたのでね。
袁術　お前……こんな事をして……皇帝だぞ……袁紹の兄貴に……

袁紹が背後から袁術に刀を突き刺す。

袁紹　その皇帝も兄ちゃんが貰っておくわ。安心しろ、弟。
袁術　兄ちゃん……
曹操　ややこしいんでな……顔が似てるから。一人に絞る。
袁紹　あと、戦う場所も一つに絞りたいんだよ。
劉協　お前たち……。
袁術　許さんぞ……。

袁術はそのまま床に倒れ——死んでいく。

劉協　……お前たちは……本当に戦うのか？
曹操　ええ。
袁紹　その為に、勢力を絞ったんですよ。なあ孟徳、覚悟はあるか？
曹操　当たり前だ。全勢力をもって、お前の国をいただく。
袁紹　覚悟しろよ。謙遜しても、十倍の兵力はあるぞ。
曹操　そんなあるのか？
袁紹　謙遜しての数字だ。

——笑う二人。
ゆっくりとそれぞれの二人が入ってくる。

一人は周瑜、そして一人は孫策である。

周瑜　孫策……。
袁紹　お前たちの思惑も、まとめて持っていってやるよ。
曹操　但し——覚悟して貰うぞ。
孫策　最初からそのつもりだ。

蟎吻と虫夏が入ってくる。

蟎吻　虫夏……こん中に、お前の天下はいると思うかい？
虫夏　わからない！
蟎吻　それでいい。選ぶのは、私なんだから。
袁紹　孟徳、業とは……何だと思う？
曹操　そうだなぁ……お前だよ。

音楽。
周瑜と孫策がぶつかっている。
——その未来に集まっていく武将たちを眺めている龍生九子。
名を、「蒲牢《ほろう》」。

舞台、ゆっくりと暗くなっていく。

ACT Ⅱ　決められる心

――客席。

張飛がうろうろしている。

張飛　あれぇ？……馬超いねえなあ。こんなんじゃ戦が終わっちまうし、一幕も終わっちゃうんだよなぁ。あれ、ひょっとして道に迷ってんのか、迷ってんのか⁉　んなわけないよ、何回やってると思ってんだよ。よし、こうしよう。俺は迷ってるわけじゃない、馬超が迷ってんだな。あいつキャラも迷ってるしな、よし、俺は迷ってない。俺は迷ってない。

馬超が飛び込んでくる。

馬超　迷ってんだよ兄ぃ‼
張飛　馬超‼
馬超　劉備の兄ぃが探してんだぞ！　何やってんだ、あんたは⁉

張飛　あんたは、ってお前探してたんだよ。戦をする上で、注意する事がある。
馬超　もう戦終わったの！
張飛　ええ、終わったの？　終わったの？
馬超　あんたに話す事山ほどあるから。暗い話な。でも今する事じゃない。
張飛　なんで？
馬超　ここは、客席だからな。
張飛　そりゃそうだ。ちきしょ、やっぱ俺、道に迷ってたか。
馬超　とにかく行くぞ、次の戦が始まるから。
張飛　あれ？
馬超　何？
張飛　あれ？　お前キャラに迷ってなかったっけ？　あの、女にって……
馬超　やめた。……厳密に言うと、一日ごとに変わる。
張飛　あらそう。深いね。でもいいと思うよ、あれは関羽の兄ぃの専売特許だから。
馬超　え？
張飛　何？
馬超　え？　関羽の兄ぃって男なの？
張飛　当たり前だろ、男だよ。
馬超　あ、そうだったんだ。俺、勘違いしてた。……でも本当に？
張飛　本当だよ、男だよ。だって髪短いだろ？

馬超　ああ……それだけ⁉

――雷鳴が鳴り響く。
舞台が始まっていく。

張飛　やべえ！　やっぱ一幕終わってんのか⁉　終わってんのか⁉　急ぐぞ‼

慌てて駆けていく二人。
――幕が開くと、関羽が座っている。
入ってくるのは、張遼である。

張遼　それで……お前は、どうするんだ？
関羽　何がだ？
張遼　ここで暴れてひと悶着を起こすか？　なんだったら手を貸してもいいぞ。
関羽　……。
張遼　ああ、人質に取られてんだっけな。劉備の妻が。
関羽　向こうに行け。
張遼　俺はお前とここで斬り合ってもいいんだけどな。

関羽はそれに答えようとせず、

関羽　何故お前は……ここにいる?

張遼　わかるだろうが。主君が殺されて、捕縛されて……命存えてここにいるんだよ。

関羽　……それで袁紹を討つのか?

張遼　あいつも敵には変わりないからな。願ったり叶ったりだ。

関羽　呂布を殺したのは……曹操だぞ。

張遼　ああそうだ。

関羽　そんなに簡単に……

張遼　……あいつが殺ろうとしてた敵は、全部俺が殺ってやるさ。忘れんなよ……お前も一緒だ。

関羽　……。

張遼　調べたい事がある。お前、俺と手を組まないか?

関羽　何を言ってる?

張遼　袁紹を討ち、そして共にここの曹操を殺す。お前がいれば心強い。

関羽　言ってる事が矛盾してる。一緒なんだろ?

張遼　曹操が死んだ後、お前は劉備に戻ればいい。それからだよ、お前らは。

関羽　……ふざけるな。

張遼　恋しいだろ?　お前に新しい名前をくれた劉備が……。

関羽　……。

張遼　どうした？
関羽　生きる意味では……あいつも変わらん。
張遼　どういう意味だ？
関羽　いい。

その場を離れようとする関羽。
張遼はふと、何かを思いつき——。

張遼　ああ。お前に言っとくがな……お前の兄を——張曼成を殺した男は……曹操軍の中にいるぞ。
関羽　……!?　おい……。
張遼　確かな情報だ。俺に言えるのは、ここまでだがな。
関羽　それは本当か!?……それは……

孫策が入ってくる。

孫策　……くだらない話をするな。
張遼　はいはい……総大将。
孫策　官渡の決戦において最重要なのは、白馬《はくば》と延津だ。お前たちには、白馬に行って貰う。

張遼　望まずとも手を組むってわけか。いいね。
関羽　姉さんは⁉
孫策　安心しろ……徐州の民と家臣は丁重に扱ってる。命を失う事はないよ。
関羽　……。
孫策　先に言っておくが、俺の命《めい》じゃない。曹操軍の意思だ。
張遼　相変わらず男だねぇ、お前。
孫策　黙ってろ。
張遼　総大将に祭り上げられて、気分でも良くなったか？
孫策　……。
張遼　怒んねえんだな。
孫策　良く考えろ……曹操は何故主力を下げ、俺たちを前に出す？　いつ裏切ってもおかしくはないんだぞ。
張遼　それも想定してるか、もしくは取り込む自信があるのか……それ以外に理由があるのか？
孫策　ない……だからこそ、わからんのだ。
張遼　考えて結果が出るとは限らんだろ。それに言っとくが、あいつを殺すのはこの俺だ。孫家が抜け駆けしたら、許さんぞ。

張遼がその場を離れていく。

関羽　……一つ。お前が総大将なら……頼みがある。
孫策　何だ？
関羽　戦にも出よう、その代わり、曹操に逢わせてくれ。

孫策とともに歩き出す関羽。

★

袁紹が黄河の先を見つめている。
入ってくる男。

男　何を見つめておいでです？
袁紹　やっぱり欲しいなぁ。長江……あの河を。何度見ても思うんだ。
男　その前に、黄河の敵を。
袁紹　この話、前もしたなぁ。
男　いよいよそれを越える時がきました。家臣一同、この日の為に生きておりました。
袁紹　良く言った。
男　それで、私の名前は決まりましたか？
袁紹　……。

周瑜が入ってくる。

周瑜　……。
袁紹　……ああ、やっと思いついたんだ。お前の名前。
男　そう言い続けてもう……十一年になります。
袁紹　今度は本当だ。見つかったんだ。
周瑜　袁紹……。
袁紹　お前の名は——溜池《ためいけ》ゴローだ。
男　溜池ゴロー。
袁紹　ああ、いいだろ、何かしぶとくてエロそうで。
男　ありがとうございます。
周瑜　いいのかそれで!?
男　ああ。素敵な名前だ。
周瑜　そうでもないと思うぞ。
袁紹　と、思ったがやめた。
男　やめた？
袁紹　まだその時期じゃなかったって事だ。
男　……袁紹様。
袁紹　ああ、お前の名前にするか？
周瑜　するわけないだろ。

袁紹　そうだな……顔良をここへ。作戦を思いついた。
男　わかりました。

男はその場を離れていく。

周瑜　どういう事だ？
袁紹　何が？
周瑜　この会話を聞いたのは、二度目だ。あの男……
袁紹　色々とあるんだよ。
周瑜　それは……お前の業に……関係があるのか？
袁紹　謎なんてもんはな、解けば解くほど新たな難問があるんだよ。あんまり考えるのはやめようぜ。
周瑜　お前は深くものを考えている気がするがな。
袁紹　……おいおいやめようぜ、照れちゃうよ、そういうの。やめやめ。
周瑜　袁紹……業とは何だ？
袁紹　俺はな、業なんかよりもどうしても解けない謎かけがあるんだよ。それを知るので精いっぱいだ。俺が考えたんだけどな。
周瑜　それは……
袁紹　いつかお前にも来る気がするよ、その謎かけ。解き明かしてみろ、俺の相棒より先にな。

顔良が入ってくる、後ろには沮授がいる。

袁紹　おう来たか、鼻たれ。
顔良　袁紹。呼び出し。俺だけ。特別。俺だけ。すごく。嬉しい。
袁紹　ああ、そうだ。顔良……十七万の兵力をお前に任してやる。
顔良　十七万!!
袁紹　俺の戦の中で最大の兵力だぞ。曹操の白馬を落として来い。それまでは、生きて帰る事は許さん。
顔良　一番の幸せ。袁紹。一番。
袁紹　おう……沮授……奇襲だ。全ての軍を一番の迅さで用意せよ。
沮授　わかりました。
袁紹　張郃、お前は伝令として同行しろ。戦う事は許さん。
周瑜　何故だ?
袁紹　死ぬかも知れんからに決まってるだろ?　孫策と話でもしてこい。
周瑜　ふざけた事を抜かすな。
袁紹　やれ。顔良、こっち来い。

顔良を目の前に立たす袁紹。

袁紹　おい、会話はいらん。お前の一番好きな歌を歌え。

顔良は大声で歌う。
袁紹は、一緒に大声で歌い、

袁紹　全然響かねえな、お前の歌！
顔良　袁紹に届けた！
袁紹　なら届いた!!　顔良、祭りだぞ!!
顔良　気合いしかない！

顔良は、沮授と共にその場を離れていく。

周瑜　袁紹……
袁紹　ああ、さっきの答えな。二度目じゃねえよ……俺は何千回もしてるわ。
周瑜　袁紹……お前は……
袁紹　何だよ？
周瑜　いや……。

袁紹はその場を離れていく。

周瑜　魯粛。

魯粛が入ってくる。

魯粛　ハッ。
周瑜　孫策へは伝えたか？
魯粛　いえ……今は逢うべきではないと……門前払いを。
周瑜　そうか。
魯粛　約束は変わらずと。この官渡全域の戦を乗り切り、呉の太守の命として、お前は江夏《こうか》を手に入れるようにと。
周瑜　……世には、まだ知らん豪傑がいる。大海を知らぬのは、私も同じだ。
魯粛　それでも、私はお二人以上の豪傑には出逢っておりません。
周瑜　……あいつは、戦場で逢うだろう。魯粛、私が合流するまで、何があっても孫策を守れ。
魯粛　わかりました。

その場を離れる魯粛。
鼂賔が現れる。

鼂肩　あんた、時間ないのわかってるでしょ？　病なんだから。忘れないで。私はね、あんたの味方なの。
周瑜　私は、あいつを守る為にいる。
鼂肩　駄目！　やればいいの。袁紹を……孫策を……。

周瑜は誰かを見つめ、

周瑜　お前からもだ。
鼂肩　あんたの業は、「人を殺さなければならない」。自分の業も背負えないくせに、蝻吻なんかに負けんじゃないわよ。

ゆっくりと消えていく鼂肩。
周瑜は袁紹のもとに向かい、歩いていく。

★

——宮廷。
劉協が大地を眺めている。
一人の女性が訪ねてくる。

名を、「甘《かん》」。劉備の妻である。

劉協　甘か……。
甘　お久し振りです。（深々と頭を下げて）あなたも大きくなられました。
劉協　劉備の妻となったそうだな。……色んな意味で、よくあそこに行った。
甘　ああ見えて、亭主関白なんですよ（笑）。
劉協　最悪だな（笑）。……今は？
甘　曹操によって我が徐州は陥落。私も、囚われの身となりました。
劉協　お前も……辛い身だな。
甘　あの男の気まぐれで、私もあなたにご挨拶を、と。
劉協　そうか。
甘　劉協様……いや、献帝。曹操の戯れ言を信じてはいけません。あなたの身を利用していま す。
劉協　誰もがそう言う。だが、私はそれだけだとは思えんのだ。
甘　私は、あなたが心配です。
劉協　お前が本気で言ってくれているのはわかる。だからこそ、お前も自分を想え。
甘　劉協様……。

深々と頭を下げ、その場を去る甘。

傍らに、黄忠が入ってくる。

劉協　黄忠――この戦、どうなると思う？
黄忠　わかりません。
劉協　何故だ？
黄忠　私は戦場で活路を切り拓く身。勝敗の是非は、軍師の仕事です。
劉協　友として、と言ったろ。心の声を聴きたいのだ。
黄忠　申し訳ありません。では。

劉協をぶん殴る黄忠。

劉協　うん、お前は友達をはき違えてる。友達は殴っていいわけじゃない。
黄忠　駄目な友は殴らんとわからんだろうが。二度と深夜に一人で出るな。
劉協　……。
黄忠　どっちが勝つなんて、誰にもわかりゃしねえよ。ただな、特別な奴なんていねえんだ。少なくともそう思ってる奴から死んでいく。お前も、同じだぞ。
劉協　……黄忠。
黄忠　てめえだけは特別なんて思うな。人の命なんてな、簡単になくなるんだよ。
劉協　……私も戦を見届けたい。

黄忠　ああ？
劉協　お前は劉表の配下として、袁紹軍につくんだろ？　ならば私を連れて行ってくれ。
黄忠　理由は？
劉協　私はかつて……生きる意味を知れと言われた。選ばれないからこそ選べと。その意味をいまだ私は知らない……国を、生きる意味を知りたい。
黄忠　お前……
劉協　黄忠、私を戦に連れて行ってくれ。
黄忠　……わかった。

劉協をぶん殴る黄忠。

黄忠　って言うと思ったか、このバカタレが！　お前は帝だぞ、特別だという事を知れ！
劉協　黄忠、矛盾が甚だし過ぎないか？

黄忠について行く劉協。

★

曹操の前に入ってくる荀彧。

荀彧　徐州の民を区画、移住も含めて管理し始めました。

曹操　ご苦労。
荀彧　劉備の妻・甘夫人を含む、城下の人間は……
曹操　いつでも出られるようにさせておけ。安心させろ。
荀彧　わかりました。
曹操　趙雲は？
荀彧　……。
曹操　お前の説得には応じんか？
荀彧　気持ちは……わからなくもありません。
曹操　それを出さぬお前は……プラスだな。この前のは帳消しだ。

典韋が入ってくる。

典韋　……。
曹操　どうした？
荀彧　典韋将軍は、何としてでも前線へと。
曹操　外したと言ったろ。
典韋　いやだ。
曹操　ならん。減点が続けばお前とて斬首だ。

典韋が曹操に剣を向ける。

荀彧　典韋！
曹操　これも減点だぞ、典韋。
典韋　……戦が駄目なら、あんたの傍を離れない。
曹操　駄目だ。
典韋　あんたは言った。あんたの命令を聞く必要はない。
曹操　……確かに。良い返しだな。
荀彧　殿……何をお考えですか？
曹操　……。
荀彧　それだけお教えください。今回ばかりは、わかりません。
曹操　例えどれだけ近くても、すぐにわかるような答えは見せないさ。

曹仁が飛び込んでくる。

曹仁　いた――!!　何を言ってるんだ馬鹿もんが!!　孟徳!!　徐州はもっと苦労せず獲れたろうが!!　兵はぼろぼろだぞ!!
曹操　鍬が喋った。
荀彧　喋った、と。

曹仁　誰が鍬だ！　いつまで引っ張るんだ!!　孟徳、お前には本来言いたい事が山ほどあるんだからな！
曹操　于禁。

于禁が入ってくる。

于禁　ああ、いたいた曹仁君。駄目だよ、勝手に司空様に話しかけちゃ。わかるよね曹仁君。今ね、延津の防衛会議やろうと思ってるから来て、曹仁君。
曹仁　君《くん》だと？　おい君だと!?
于禁　え、駄目？　じゃ逆に、逆にね？　君は今、イチ兵士なわけじゃない。それが、おい孟徳、孟徳！　みたいなの駄目でしょう。じゃ、逆に、更に逆に、私はイチ兵士だったわけじゃないですか。その時、おい孟徳、孟徳みたいな事しやがってたら激ギレるでしょう？
曹仁　俺と孟徳は幼馴染なんだよ。
于禁　あ、出た知り合い感。それで解決する？　逆に、逆にですか。
曹仁　うるさい！　逆が多すぎて今どこにいるのかもわからんわ!!
于禁　いいんですか？
曹操　鍬から減点するとどうなる？
曹仁　孟徳！
荀彧　えっと、ものではなくなりまして、空気になります。

曹操　エコだな曹仁。
曹仁　黙れ!!

突然、少年が駆け込んでくる。
名を、「許褚仲康《きょちょちゅうこう》」。

許褚　王さーん！
曹操　許褚！
許褚　なんで俺を使わねえんだよ！　なぁ、俺を使ってくれよ！
曹操　……駄目だ。
許褚　いやだ、
曹操　お前は前線から外したはずだ。
許褚　いやだ！
曹操　駄目だ。
許褚　いやだ！

と、許褚は典韋がいる事に気付き、ふいに黙り込む。

許褚　!!……。

曹仁　どうした、許褚？
許褚　ドキドキが……ドキドキが、止まんねえ……。
曹操　許褚は、典韋が大好きなんだ。

許褚に近付いていく典韋。が、そのまま通り過ぎる。

曹仁　……何も言わんのかい！
許褚　王さん、ドキドキする。
曹操　許褚……戦と典韋、どっちが好きだ？
許褚　選べねえけど……今は戦だ。
曹操　そんなに前線出たいか？
許褚　出たい！
曹操　どうしても出たいか？
許褚　出たい！
曹操　ならば、俺と勝負をしよう。お前が勝ったら前線に戻してやる。勝負は簡単だ。「グリコ」だ。
許褚　わかった。
二人　じゃんけんポン。

許褚が勝っていく。進んでいく。

許褚　ぱ・い・な・つ・ぷ・る。

許褚が勝っていく。進んでいく。

許褚　ぐ・り・こ。

許褚が勝っていく。進んでいく。

許褚　ち・よ・こ・れ・い……。

そのまま見えなくなるまで進み続ける許褚。

許褚（声）王さーん！　俺、ハケてるー！

曹操　（見送って）続けるぞ。

曹仁　楽進!!

楽進が入ってくる。

楽進　はい。

曹仁　延津の会議に後で行くからこいつ連れてけ！　俺は孟徳と話があるんだよ。

于禁　楽進「さん」ね、曹仁君。楽進さん、張遼様・孫策様に続いて三番目に戦功を挙げています。猛将の類になりますよ。

曹仁　え？　そうなのか？

曹操　すごいじゃないか。

楽進　ありがとうございます、三蔵法師様。

曹仁　いつまでやるんだ、それをいつまで！

曹操　……行くよ、孫悟空。

曹仁　お前もいつまで!?

于禁　それに比べて曹仁様。えー斬った数、一桁です。八人。役職付きとしては、かなりやばいです。

曹仁　……腰の調子がいつもより悪かったんだよ、突然の戦だったから。

于禁　あ、そうだったんですか？　その感じで入る……感じで。

曹仁　本当だ！

曹操　典韋、見てやれ。

典韋　いいよ。

曹仁　え？　あ、いや別に……そこまで……

典韋が曹仁を寝かせる。
楽進が上に乗る。

楽進　伸びろ！　如意棒!!
曹仁　筋斗雲じゃねえよ!!　筋斗雲じゃ……!!　お前ら!!　いい加減にしろよ！
荀彧　そろそろやばいです。怒りが頂点に達します。
曹操　まあ冗談だ、曹仁。一旦冷静になれ。
曹仁　いいか、俺が出て来てから大事な話一切してない。ここんとこ、ずっとそうだ。いじられて、キレて、賑やかしの時間になってる。
曹操　いいから一旦冷静に。そうすれば本筋が見える事もある。
楽進　そうなんですか？
曹操　ああ、そうだ。曹仁、お前は空気になった。いい機会じゃないか。
曹仁　なんでだよ、いやだよ。
曹操　良く考えろ!!　冷静になれと言ったはずだ。熱くなるな！

――驚く曹仁。

曹仁　孟徳……。

曹操　お前たちも同様だ。荀彧、空気が熱くなるとどうなる?
荀彧　え?　え?……えっと、上昇します。
曹操　上昇して、冷静になったら、どうなる?
全員　……雲になる。
楽進　筋斗雲!!
曹仁　じゃねえよ!!　ふざけるなぁ!!

逃げる全員を追いかけながらその場を離れる曹仁。
そこに孫策と関羽が入ってくる。

孫策　お前ら……楽しそうだな。
曹操　袁紹に負けたくないんでな。
孫策　関羽が話をしたいと言ってる。
曹操　やっと逢えたな、関羽。
関羽　……。
曹操　お前を、欲していたぞ。
関羽　……あんたに聞きたい事が山ほどある。話をさせろ。
荀彧　そのようなわけにはいきません。
曹操　総大将が決める事だ。

孫策　……責任は俺が持つ。刃を向けさせるような事はしない。
荀彧　……わかりました。
典韋　……離れない。
荀彧　典韋。
曹操　どうやら典韋が刀を抜きそうだ。
関羽　曹操。
曹操　聞きたい事はいずれ全部答えてやろう。その中の一つだろ、これも。

——曹操の言葉と共に、一人の兵士が入ってくる。
関平である。

関平　……張角様。
関羽　あんた……。
曹操　席を外すぞ。俺が外すなら問題ないだろう。
典韋　……。

その場を離れようとする曹操たち。

関羽　……こいつまで人質にするのか？

曹操　そうだな、最初に言ったろ。お前を欲してると。

曹操たちはその場を離れていく。
孫策は、去り間際、そこに立ち止まる。

関平　張角様。
関羽　……生きてて良かった。あの時の言葉、覚えててくれたんだね。
関平　うまく生き延びられただけだよ……。
関羽　黄巾党の生き残りは……他にもいるの？
関平　ああ。
関羽　……なんて事を……。

関羽は黙り込む。

関平　どうしたの？
関羽　私は……ひどい女ね。気づいてあげられなかった……。
関平　戦だろ、しょうがないよ。全ての人間を見られる人はいない。
関羽　……ありがとう。
関平　でも皆……あなたの旗のもとに戦った事は、忘れてないよ。

関羽　きっとあなたも私の為に……人質になったのね。ごめんね。
関平　……違うよ。あれは……曹操様の言った事は嘘だよ。
関羽　どういう事？
関平　黄巾党が壊滅した後、各地に残る黄巾を拾い上げたのは、曹操様だ。
孫策　……。
関平　真の太平を強く願っているものこそ、どの軍隊よりも力になるって。ならばこの場所で、平和の夢を諦めるなって。
関羽　……そんな。
関平　勿論、最初は信用してなかったよ。ふざけんなって思った。だけど、根気よく「人間」として扱って貰った。あなた以外で初めて……
関羽　……そう。
関平　だから今はこれが俺の人生だと思ってる。あなたと叶えられなかった夢を、生きてる。それをあなたが阻むなら……あなたも敵だと思う。

その場を離れていく関平。去る間際、

関羽　……ねえ。
関平　何？
関羽　良かったね。だから、生きて……どんな事があっても。

関平　……覚えてる？　俺……まだあんたに名前をつけて貰ってなかったんだよ。
関羽　……そうだった。
関平　下の字だけ貰ったんだ。平原に産まれたから、「平」はつけるって。
関羽　ちゃんと覚えてるよ。
関平　あんた、今……劉備の所にいる「関羽」なんでしょう？
関羽　……。
関平　だから決めたんだよ。俺の名前は、「関平」だ、って。

その場を離れていく関平。

孫策　名前か……。
関羽　……皆に、名前をつけてあげてたの。人として生きられるようにって。でも私が死なせてしまった……。
孫策　それが戦だろ。きっと望んで、あいつらもした事だ。

入ってくる曹操と典韋。

関羽　曹操……お前に、礼を言う。
曹操　それもまた、一面だ。劉備の妻と民草を生かしたのは、お前あってのものだ。その礼には

関羽　報いて貰う。
曹操　……袁紹軍を斬れば、私は劉備には戻れない。
関羽　そうか？
曹操　あんたはそれをわかってやってる！
孫策　名前を貰うとは、決められる心と同じだ。覚悟を持て。
曹操　……俺もお前に一つだけ聞いてく。覚悟を持って、本音で話せ。
孫策　質問による。
　一言でいい!!　お前は今……何を望んでる？

——孫策の真摯な眼差しに答える曹操。

曹操　……遠き先を見なければならない。その遠きを……変えたい。
孫策　……理解した。

曹操軍が足早に動き出す。

荀彧　総大将!!　袁紹軍が大軍を率いて挙兵!!　その数は五万とも十万とも、言われております。
張遼　本気で来たねぇ、あいつらが。
荀彧　およそ実数がわかりません。袁紹軍としては、過去最大。

孫策　目的は白馬だ。荀彧と于禁・李典、二万で延津の防衛を。
三人　ハッ！
孫策　文聘《ぶんぺい》・夏侯恩、五千で黄河流域の実数を探れ。
二人　ハッ！
孫策　楽進・曹仁、一万で白馬までの袁紹軍を足止めさせろ。
楽進　ハッ！
孫策　白馬には、二万で張遼・関羽に行って貰う。
張遼　……はいよ。
関羽　……。
荀彧　総大将は？
孫策　俺は袁紹に向かう。曹操、あんたにも動いて貰うぞ。
曹操　御意。
孫策　相手の実数に呑まれるな。守るべき場所と、戦う相手だけ見ればいい。武将が前に立て!!
　　　兵士の一人も、死なせるな!!
全員　ハーッ!!

曹操軍が進軍していく。

曹操　答えは？

関羽　わからない……だけど、守りたいものはある。

飛び出していく関羽。

曹操　お前の二つ目の命は、「何があっても、生き延びろだ」。
典韋　……。
曹操　どんな事があっても、忘れるな。
典韋　……いいよ。

曹操もまた向かっていく。

★

劉備のもとで、馬超が戦っている。

劉備　頼むぞ、馬超。関羽は必ず徐州に向かってくれているはずだ。あいつなら甘を守ってくれると信じてる。
馬超　絶対に見つけてやる。だから震えんじゃねえぞ。
劉備　大丈夫だよ、俺には……。

——本気になった張飛がいる。

瞬く間に敵を斬っていく張飛。

劉備　張飛がいる。

張飛　――兄ぃ、とりあえず絶対に公孫瓚の仇《かたき》は取ってやる。関羽の兄ぃを見つけるのはその後だ。

劉備　わかってる。

馬超　その分は、俺が行くから。

袁紹・田豊が入ってくる

袁紹　まあ気持ちはわかるが、お前たちは延津の攻略に回って貰おうか？　うちの軍師がそう言ってるんでな。

張飛　戦に勝ちゃ問題ないだろうが。

袁紹　あるんだよ。大将は俺だ。

田豊　まあ、イキんなさんな。長年の勘が働くもんでの――向こうは、延津の防衛に命をかけてくるじゃろう。恐らくそこに曹操本陣がある。

袁紹　と、いう事だ。願ったり叶ったりだな、行け。

張飛　駄目だ。納得がいかねえ事がある。

劉備　張飛、やめとけ。

張飛は田豊のもとまで駆け寄り、

張飛　お前じじいの癖に見た目が若いんだよ、ややこしいんだよ。
田豊　すまんのう。
劉備　袁紹、こいつ歳幾つなんだよ。
袁紹　二十五だ。
劉備たち　普通じゃねえか。
劉備　どういう事だよ？
袁紹　田豊は老人に憧れてるからこうなった。
劉備・張飛　ぶち殺すぞ!!
馬超　え――――!!
田豊　好きな音楽は、ＣＣＢだ。
馬超　全然憧れない。
三人　ぶち殺すぞ。
田豊　何故じゃ。
張飛　行くぞ、馬超。関羽の兄ぃも曹操も一気に行く!!
馬超　任せとけ!!
袁紹　弓を持って続け。

袁紹軍も動き出していく。
劉表が入ってくる。

劉表　我が軍もいつでも動かせる。
袁紹　あんたんとこはまだいいよ。
劉表　叩ける内に叩いておくのがいいと、私は思うのだが。

袁紹が劉表を刺そうとする。

劉表　な、何を……!?
袁紹　あ、劉表の方だったか。袁術かと思って。
劉表　お前たちが葬ったろうが。
袁紹　そうだった。遠きを見つめれば、これもありだと思ったんだけどな。
劉表　どういう意味だ？
袁紹　……もう見えてる景色は飽きたんでな。

袁紹・劉表がその場を離れていく。

★

顔良・文醜がその場を戦っている。
文醜を制す顔良。

文醜　どうしたのよ？
顔良　こっから先は白馬だ。俺が袁紹様に任されてる。
文醜　だから手伝うのよ。
顔良　俺に行って欲しい目をしていた。
文醜　……わかったわよ。あんた、歌うのをやめたの？
顔良　一生分、歌わして貰った。

顔良が斬りつけていく。
文醜の前に現れる楽進。

文醜　あら、ちっちゃいのね……相手してあげる。
楽進　行くぞ、牛魔王!!
文醜　誰が牛魔王よ!!

楽進VS文醜。
斬り合いながらその場を離れていく。

★
男と周瑜が戦っている。
入ってくる螭吻と虫夏。

男　……⁉
螭吻　あら。
螭吻・男　あそこで戦ってるのは、張遼だねぇ。
周瑜　おい……。
螭吻・男　ちょっと待ってろ、すぐ終わるから。ねえ、虫夏。あいつはどうだ？
虫夏　まさか……
螭吻・男　張遼なんていいんじゃないかと思うんだけど。
虫夏　駄目だ！
螭吻・男　どうして⁉
虫夏　あいつとは……前世で関係がある……。
螭吻・男　ああそうか……あんた、華雄《かゆう》だったねぇ、昔は。
虫夏　あいつは駄目だ。
螭吻・男　董卓んとこで共にいたんだろ？　そうだ……。
周瑜　……。
螭吻　前世で関わりがあると余計な時はね、あんたの記憶を全て消せるんだ。そうしてあげよう。

虫夏　え……？

男　消すんだよ、お前の記憶を。お前の大好きな董卓の記憶を、呂布の記憶を。

虫夏　やめろ……。

男　どうして⁉

虫夏　消すな‼　あいつの記憶を消すな‼　お願いだから……

男　駄目。消すよ……

周瑜が男を斬りつける。

我に返る男。

男　……。

周瑜　戦《いくさ》中だ、余計な無駄話はやめて貰おう。

男　私は……

螭吻　生意気な事してくれるね……。

周瑜　業に抗うのは、袁紹だけじゃない。貴様も同じだ。

男　……。

その場を離れていく、周瑜。

★

張飛と馬超が足を止める。

張飛　馬超……⁉　引き返すぞ。
馬超　兄ぃ、どうして⁉
張飛　俺の得意技は道に迷う事だけじゃねえ、鼻が利くんだよ。延津じゃねえ、白馬だ。
馬超　兄ぃ。
張飛　今、俺が白馬に向かおうとすれば、延津に着いちまう。お前が何とかしてくれ、頼むぜ。
馬超　格好良く言ってるけど、馬鹿だな。
張飛　馬鹿でいい！　だが、今回だけは迷っちゃいけねえ気がする。
馬超　……わかった。こっちだ！

白馬に向かっていく二人。

★

曹操と典韋が戦況を見つめている。
入ってくる荀彧。

荀彧　袁紹軍の総数がわかりました。その数十七万。
曹操　本気だな、奴は。
荀彧　あなたの考えはどうですか？　やはり孫策の言った通り、白馬だと？

曹操　いや、延津だ。あそこで戦の全てがわかる。
荀彧　それでは……
曹操　今回ばかりはそれでいい。
荀彧　……もし白馬に劉備軍が来れば、関羽を奪い返されると。劉備は、妻を捨てるでしょう。
曹操　どうだろうな。
荀彧　殿。
曹操　荀彧、今回ばかりは思いは全て隠せ。俺の頼みだ。
荀彧　わかりました。
曹操　典韋、お前も同じだ。
典韋　……。

その場を離れていく三人。

★

顔良が猛威を奮っている。

顔良　余裕、余裕!!

曹操軍を斬り殺していく。
その中に――関平がいる。

関平　……くそお!!
顔良　袁紹の為だ、お前の首も持っていくぞ。

関平を追い詰めていく顔良。
その刃がかかる瞬間——。
顔良を突き刺す関羽がいる。

関羽　——この子には、触らせない……!!

顔良を斬り伏せる関羽。

関羽　行って。
関平　……。

関平がその場を離れていく。
背後から張遼が顔良をめった刺しにしていく。

張遼　本当、お前いると楽だわ。ひょっとして、ひょっとするぞ。
顔良　遠きを……

張遼　いい。お前がいなくなりゃ、大軍関係ないんだから。

——顔良死す。

飛び込んでくる馬超と張飛。

馬超　兄ぃ……!!
張遼　ったく……。
張飛　……てめぇは曹操軍か……。
張遼　新米だけどな……。
馬超　関羽の兄ぃ……やるぞ……こいつの仇取ってやる。
関羽　……。
張遼　おい、お前ここで加わられると、さすがの俺もきついんだけど。
関羽　……。
張飛　どうした?……兄ぃ構えろ。
関羽　行くぞ。
張遼　……やるじゃん。

その場を離れようとする関羽と張遼。

馬超　何やってんだ兄ぃ!!　おい!!
関羽　……。
馬超　ふざけんなよ!!　裏切るって言うのか!?　俺たちを!!　劉備の兄ぃを……。
張飛　馬超、いい。……これは、本気だって事でいいんだな。頭下げるなら今のうちだぞ。

帯に巻いた黄色い布を投げ捨てる関羽。

関羽　……止めるなら、お前も殺すぞ。
張飛　……お前は、「張角」って事で、いいんだな。
馬超　何言ってんだよ!?　何かの間違いだろ。
張飛　ここは許してやる。次にあったらお前を殺す。
張遼　言うね、バカタレが。
関羽　……行くぞ。
張遼　はいはい。

関羽と張遼はその場を離れていく。

馬超　なんで、なんであんな事言うんだよ!?　なんで!?
張飛　太刀筋見てみろ。……こいつを斬ったのは、関羽の兄ぃなんだよ。

舞台、ゆっくりと暗くなっていく。
場面再び明るくなると、曹操が座っている。
入ってくる孫策。

孫策　白馬は押さえた……。大将・顔良は討ち取ったぞ。
曹操　そうか。大したものだぞ。
孫策　これもお前の手の中か？
曹操　いいや。俺なら延津の防衛に全てをかける。
孫策　そうじゃない。俺がそうする事もお前はわかっていたかという事だ。
曹操　そんな事ができるはずないだろ。少なくとも、俺は業など持っていないからな。
孫策　……。
曹操　お前が聞きたいのは、そこだろ？
孫策　誰から業の話を聞いた？
曹操　それは言えんが、お前は親父だろ？　孫堅は業を背負っていた。天下を獲る才と引き換えに、業を背負わなければならない。
孫策　……そうだ。
曹操　悔しいか？　孫策……天下に選ばれない事に？
孫策　……。

曹操　どうだ？

孫策　どうでもいい！　俺の行く道に、天の助けなどいらない。

曹操　それだよ孫策。だからお前を俺は選んだ。

孫策　……曹操。

曹操　お前は俺を殺し、この許都を手に入れる為に来たんだろ。この戦に勝った方がいずれ来る呉に進攻するのは間違いないからな。

孫策　……。

曹操　叩けるだけ袁紹を叩いて、その隙を狙い許都を奪う。それができるのは、少なくともこの国でお前だけだからな。

孫策　それだけじゃないさ。お前の器をはかりに来た。業なんか関係ない。器だ。お前が志を共にできるなら、配下にしようと思ってる。

曹操　誘われたのは初めてだよ。

孫策　……出陣の準備をしておけ。総大将を務めるのは、次の戦までだ。

曹操　その後は？

孫策　お前を討つなら、正々堂々とやる。この戦に勝つのは、お前だ。だから、勝っても心で喜んでない理由を、教えろ……。

孫策がその場を離れていく。

曹操　……少しは変わったか？　袁紹。

曹操の見ている先に、袁紹がいる。
――夜更け。
文醜が入ってくる。

文醜　宴の前に先に行くわよ。
袁紹　酒ぐらい飲んでけや。
文醜　あたしがお酒飲めないの、知ってるでしょ？　でっかい土産持ってきてやるわよ。
袁紹　……土産ねえ。
文醜　……顔良が、一生分歌わして貰ったって。
袁紹　そういう話はするな。
文醜　だよね。行ってくるわ。
袁紹　文醜……もう、日を跨いでるぞ。男じゃねえのか？
文醜　……あんたを笑わせる為だったら……何だってするわよ。

文醜はその場を離れていく。
すれ違うように、周瑜が入ってくる。

袁紹　続けて行ってくれ。お前は伝令だろ？
周瑜　ああ。
袁紹　それと、この前俺に言いかけた事あるだろ？　あれ何だ？
周瑜　……今話す事ではないさ。
袁紹　……土産。どいつもこいつもその言葉を真似しやがる。
周瑜　お前の器だろ。
袁紹　ああそうだ。ただ俺の龍生九子は土から産まれたんだと。皮肉なもんだ。
周瑜　……。

袁紹軍が入ってくる。
周瑜はその場を離れていく。

袁紹　ようし宴だ。戦の途中だぞ、同じと考えろ!!
袁紹軍　イェーイ!!

劉備と、馬超・張飛がいる。

劉備　……。
袁紹　劉備……。

――いつ戦になってもおかしくないような気配。
張飛・馬超は構えている。

沮授　曹操軍から、顔良の亡骸が送られてきました。敬意と取るか、挑戦と取るか。
劉備　……曹操は遊んでんだ、俺らに向かって。絶対に許さん……。
沮授　……顔良を討ったのは、劉備の所の関羽、間違いありません。
劉備　袁紹……。
張飛　……ああ、間違いねえよ。俺も確認した。
袁紹軍　……。

袁紹が劉備に近づく。

袁紹　騒ぐぞ。
袁紹軍　イェーイ!!

袁紹軍も騒いでいる。

劉備　お前らふざけんじゃねえぞ！　いい加減にしろ!!

袁紹　お前、ノリ良い奴だと思ってたけど、違うんだな。
劉備　負けたんだぞ!!　大将討ち取られてんだ！　てめんとこの大事な大将が、お前の為に命かけて死んだんだ!!
袁紹　……だから騒ぐんだろ？
劉備　ああ!?
袁紹　泣く暇ねえから騒ぐんだろ？　勝っても負けても覚悟の上だから騒ぐんだろ？　お前のわからん価値でぎゃあぎゃあ言うんじゃねえよ。なら、曹操んとこいけよ。別に構わんぞ。
劉備　……ふざけんな。
袁紹　なら騒げ。お前は俺んとこの人間だ。
馬超　……腐っても大将だ。あんたの部下じゃねえ。
袁紹　何、下向いてんだ!!　お前は……くだらん男だな。なら一生、震えてろ。

袁紹と軍はその場を離れていく。

劉備　その通りだ……俺は腐ってる……。
馬超　そういう意味じゃねえよ。
劉備　震えが止まらねえんだ……くそ、なんでだ……なんでだチキショウ……関羽……関羽……。
張飛　兄ぃ、その名前出すんじゃねえ。そんな奴はいねえ。
劉備　違《ちげ》えんだ張飛……きっと曹操に弱みを握られてるだけなんだよ関羽は！

張飛　出すんじゃねえよ!!
劉備　張飛……
張飛　あいつは俺が殺す……。
劉備　駄目だ!!　誓ったんだ!!　俺たちは一緒にいるんだ!!　死ぬ時まで一緒にいるって誓ったじゃねえか!!
張飛　あいつはハナからそう思っちゃいねえよ。
劉備　それでもだ!!　それでも、信じてやるんだよ!!　頼む……張飛頼む!　頼むよぉ……頼むよぉ……。
張飛　……その言葉は……俺には届かねえよ……。

張飛はその場を離れていく。

劉備　馬超……。
馬超　俺も一旦……離れていいか?
劉備　お前も俺を見捨てるって言うのか?……俺もう生きてけないだろ。
馬超　……なあ、兄ぃ。俺も知らない事ばっかだから、わかんねえけどよ。やりたい事が見つかったよ、初めて……自分の意思で。

馬超はその場を離れていく。

劉備　震える……震えるな……くそ、曹操……!!　曹操……!!

劉備は震えている。

★

袁紹が一人で座っている。
入ってくる螭吻。

螭吻　いくら飲んでも酔えないくせに。
袁紹　……黙ってろ。
螭吻　お前のやる事は、全部見えてるんだよ。私はあんたを選んだんだから。曹操との事も、勿論見えてる。
袁紹　……。
螭吻　それで業に抗ったつもりかい？
袁紹　お前とは話さんと言ったろ？　何回も言わせるな。
螭吻　これに勝てれば、ほぼ天下は見える。荊州の劉表を潰して、あとはあの周瑜のいる呉だ。
袁紹　一人になりたいんだけどな。
螭吻　どこまでやれるかわからないけれど、あんたらは天下の豪傑だ。だから楽しみに待っててやるよ。虫夏。

虫夏が入ってくる。

蟷吻　あんたの居場所を決めたよ。呉だ。
虫夏　……何故だ？
蟷吻　董卓は死んだんだよ、願ったって生き返りやしない。あんたの天下を獲れる器を決めるべきじゃないか。
虫夏　……。
蟷吻　周瑜には贔屓《ひき》が憑いてるからねぇ、孫策にしよう。現れるタイミングは私が決める。
袁紹　おい……あんまり俺らで遊ぶんじゃねえぞ。
蟷吻　手助けじゃないか。それに、話さないんじゃなかったのかい？
虫夏　嫌だ。
蟷吻　ならお前の記憶を消すよ。
虫夏　おい……。
蟷吻　業を背負わせろ、それが天下を獲る条件なんだ。いいね、虫夏。

雷鳴とともに――虫夏が消えていく。

蟷吻　あんたの業は、「遠きを見なければならない」――ほら、話さなくても消えないだろ、頭の中じゃ……その器で、いいのかい？　苦しんでるよ、心が。

——螭吻がいなくなる。

一人になる袁紹。

頭の中で——一つの遠き先が浮かんでいる。

——関羽と張遼によって殺されていく文醜。

文醜　官渡は必ず、袁紹が獲るぞ。あいつは、全てが見えてる。

死んでいく文醜。

袁紹　……やめろよ、もう。やめろ……。

ゆっくりと男が入ってくる。

男　……白馬で……文醜が討ち死にいたしました。

袁紹　そうか。

立ち上がり、足早に歩いていく袁紹がいる。

奥からそれを見つめる周瑜がいる。

周瑜　孫策……業とは……何だろうな……。

周瑜はふと、遠い日に思いを馳せる。

★

孫策と隣同士で座っている男の子がいる。
名を「孫権仲謀《そんけんちゅうぼう》」。

孫権　なあ、兄ちゃん。
孫策　うん？
孫権　一個だけ疑問があるんだけどさ。
孫策　なんだよ？
孫権　魯粛を二人で同時に呼ぶと、どっちの方に来るんだろ？
孫策　……やってみるか？
孫権　うん。

二人でちょっとだけ距離を取って

孫策・孫権　魯粛！
魯粛　ハッ！

完璧に二人のちょうど中間に入る魯粛。

孫策・孫権　すげぇ！（拍手）
魯粛　……申し訳ありませんが、私は二人の遊び道具ではありません。
孫策　だな、行っていい。
孫権　ポテチのうす塩ね。

去る魯粛。

孫権　なあ、兄ちゃん。兄ちゃんはあれか？　周瑜と結婚すんのか？
孫策　当たり前だろうが。
孫権　いいよなぁ、好きな人同士って。
孫策　お前もいずれ出逢うだろ。
孫権　そうか……。

長い間。

孫権　……。

孫策、孫権を殴る。

孫策　お前、今何かエロい事考えてたろ？
孫権　兄ちゃん……天才か？
孫策　お前が変態なんだよ。
孫権　なあ、兄ちゃん……業って何だ？
孫策　……なんでそんな事を聞く？
孫権　親父が夜中、誰かと話してたんだ。誰もいないはずなのに。
孫策　……。

周瑜が二人の会話を聞いている。

孫権　親父にとって、辛い事なのか？
孫策　……。
孫権　兄ちゃん、答えてくれよ。何でも知ってんだろ？
孫策　なあ、孫権。俺もな、わからん。でもな、親父が苦しんでるとしたら、それは俺たちがいるからだ。
孫権　どういう意味？
孫策　人を抱えて愛するって事は、苦しいんだ。明日からな、俺は袁術の所にいく。
孫権　え？
孫策　お前とは、しばらくお別れだ。
孫権　いやだよ、兄ちゃん!!
孫策　俺はな、俺たちの時代で「不殺の国《ころさず》」を創る、そう思ってる。完成させるのは、お前と周瑜だ。
孫権　兄ちゃん……
孫策　お前に業を背負わせてやる（笑）。……期待してるぞ。
孫権　……（笑）。

舞台、ゆっくりと暗くなっていく。

★

「誰か」と話している男がいる。
名を、「孫堅文台《そんけんぶんだい》」。

周瑜　誰と話を？
孫堅　……見てわからねぇか？　一人だろ、俺は。

周瑜　ですがあなたは時折、誰かと話しているような気がします……申し訳ありません。
孫堅　……なあ周瑜。何かを背負ってどうしようもなく苦しい時にこそ、そいつの「人間」が出るんだ。
周瑜　はい。
孫堅　息子たちに教えてやってくれ。苦しくて苦しくて、どうしようもなく辛い時にこそ「笑え」と。
周瑜　孫堅様……
孫堅　俺があいつらに伝えられる事は、それだけだ。
周瑜　きっと……伝わっていますよ。あなたを見てきたんです。
孫堅　但し、周瑜。お前は、泣け。愛する人の前で思いっきり泣いて、抱きしめて貰え。
周瑜　どうして？
孫堅　お前は、一人の「女」でもあるんだから。

入ってくる孫権。

孫権　魯粛ー！

飛び込んでくる魯粛。

魯粛　ハッ！
孫権　コンビニでポテトチップス買ってきてくれ。
魯粛　ハッ！
周瑜　孫権！　魯粛は便利屋ではない。勝手に呼びつけるな。
孫権　だって……。
魯粛　うす塩とのり塩のどちらが……
周瑜　お前も行かなくていい！

魯粛、その場を後にする。

孫権　親父！　俺も戦に連れてってくれるって本当か？
孫堅　おお。そろそろお前も出さんといかんだろう。
孫権　いよっしゃあー！
周瑜　ですが殿。今のままではまだ……
孫権　余計な事言うなよ！
孫堅　いいんだ、周瑜。
孫権　そうだよ。
孫堅　弱けりゃ死ぬ。こいつは一回くらい死んでもいい。

孫権　おい。一回死んだら終わりなんだよ。
周瑜　わかりました。
孫権　おい。

孫策が入ってくる。

孫権　あ！　兄ちゃん、聞いてくれよー！
孫策　（厳しく）魯粛!!

魯粛が駆け込んでくる。

魯粛　ハッ！
孫策　……ポカリスウェットが飲みたいんだ。
魯粛　ハッ！
周瑜　おい！　魯粛をそんな風に使うな!!
孫策　あ、すまん。
孫堅　お前ら！　ナメてるとブン殴るぞ!!　魯粛!!
魯粛　ハッ！
孫堅　釜飯が食べたい。

周瑜　勝手に食べてろ!!　ったく、この親子は……。
孫堅　冗談だ。孫策、孫権。しっかりと準備しておけ。これ終えて、董卓ぶち殺しに行くぞ!!

去ろうとする孫堅。

孫権　ねえ、親父!!……親父っていつも誰かと話してるだろ?　誰?　幽霊?
三人　……。
孫権　ねえ……?
孫策　孫権……やめておけ。
孫堅　いつか、な……お前たちが抱えるかも知れん。それだけ言っておく。
周瑜　殿……。
孫堅　もし、そうじゃなかったら笑い飛ばせ。……忘れるなよ。

その場を後にする孫堅。

孫権　どういう……意味だろう?
孫策　俺らには関係ない事だ。なあ、周瑜。
周瑜　……ああ。
孫権　でも、兄ちゃんが抱えたら俺が守ってやるからな。

孫策　阿呆!!　そんなのいらん。その代わり、お前は何があって周瑜を守れよ。

優しく笑い、孫策たちは消えていく。
周瑜は刀を握り、歩き出していく。

★

曹操のもとに飛び込んでくる甘。

甘　曹操!!
曹操　これは、甘夫人。どうされた？
甘　あの子を、関を苦しめるのはやめなさい!!
曹操　意味がわからん。
甘　私たちの命と、あの子を天秤にかけるのは許さない。もうこれ以上……あの子を苦しめないで!!
曹操　それが国だ。
甘　……続けるなら、私は命を絶ちます。その覚悟です。
曹操　ふざけるな!!　関羽が戦う事で苦しむなら、お前も逃げるな。名前に羽をつけた、劉備の志だ。
甘　それは……
曹操　甘夫人……何度もあるぞ。これからも。それが、生きる道を選んだ心だ。

甘　曹操……。
曹操　出て行け。俺はあなたよりも……覚悟のあるものを知っている。

その場を去る甘。
荀彧が飛び込んでくる。

荀彧　ご報告がございます。于禁・李典の両名が、沮授率いる六万を撃破。延津の防衛に成功いたしました。
曹操　……それで？
荀彧　白馬・延津ともに、多勢の袁紹軍を撃破。兵の士気は軒並み上がっております。
曹操　お前にも与えられた仕事があったはずだが。

曹仁が入ってくる。

曹仁　俺はいい。
曹操　また減点になるぞ。
曹仁　それでも構わん!!　俺は、お前の真意を探る。そう決めた。負け惜しみとでも何とでも言え。
曹操　ならばお前に頼みがある。

曹仁　頼み？

曹操　典韋を足止めさせろ。ここから、動かすな。

曹仁　……孟徳。

曹操　お前にしか頼めん。

曹仁　……わかった。

曹操　荀彧、どう考えても延津で勝てるはずはないんだがな……。

荀彧　……全く神がかったとしか言いようがありません。殿、この官渡、勝てます。

曹操　……逆だよ。

荀彧　どういう意味ですか？

曹操　負けているのさ……本当だとすればな。荀彧、お前は延津を通って于禁に続け。打って出るぞ。

荀彧　わかりました。

足早に走っていく曹操。

★

孫策が走っていく。

飛び込んでくる魯粛。

魯粛　孫策様……!!

孫策　魯粛……呉の全軍を待機させろ。この戦の終わりをもって、袁紹と曹操の両方をいただく。
魯粛　新たな戦を。
孫策　痛みを伴うが今しかない。周瑜・陸遜《りくそん》を呼び戻せ。
魯粛　わかりました。孫策様、袁紹も業を持っていると……。
孫策　……周瑜か。
魯粛　それだけ伝えればわかると。
孫策　だろうと思っていたよ。行け、魯粛。
魯粛　もう一つ。私には……何もわからない事ですが……周瑜様もその業を持っていると思われます。
孫策　……。
魯粛　あくまで……私の推測です。あの方は常にあなたの命を……想っています。

その場を離れていく魯粛。

★

趙雲が戦っている。

趙雲　公孫瓚様……！

敵を蹴散らし、駆け抜けていく趙雲。

★

袁紹が戦況を見つめている。
入ってくる劉表。

劉表　私の軍は何処に向かわせればいい。
袁紹　全軍使いたいんでな、許都に持てるだけ持ってってくれ。
劉表　……わかった。
袁紹　って俺が言うと思うか？　嘘だよ嘘。
劉表　……。
袁紹　大した土地でもないのに、頑張って育てた兵だ。君主なら無駄遣いすんじゃねえよ、バカタレ。
劉表　……荊州への度重なる侵攻をあんたに何度も救って貰った。貸せと言われれば、いつでも貸せるよ。
袁紹　どう考えてもわかるだろうが。こりゃ、厳しいぞ。沮授。

沮授が入ってくる。

沮授　ハッ。
袁紹　この袁家の家財、全部投げ出してどれくらいいける。

沮授　……はい。最大で七十万と。
袁紹　おいおい七十万て、凄過ぎるだろ。
沮授　全て、あなたの力です。あなたがやってきた道です。
袁紹　すげえな、俺は。沮授、七十万全軍で許都に行くぞ。
沮授　わかりました。
劉表　袁紹殿……それは……
袁紹　あんたも軍引き揚げろや、無理すんじゃねえよ。来るべき時に備えてみろ。
劉表　君は私にはない、天下の才を持っていると思ったんだけどな。
袁紹　曹操はどうだ？
劉表　……。
袁紹　その顔で充分だ。ありがとうな。
劉表　……負けてはいないよ、君は。

劉表がその場を離れていく。
入ってくる周瑜。

周瑜　どうするつもりだ、袁紹。
袁紹　ああ、お前に聞きたい事あったんだよ。答えてくれ。
周瑜　そんな話をしている場合ではない。

袁紹　お前、俺に何か言いかけてたろ？　何だ、言え。
周瑜　……お前は、負けるとわかっている顔をしていた。そう見えた。
袁紹　馬鹿言え、冗談じゃねえや。お前も孫策と合流しろ。こっちに向かってるから。
周瑜　何故？
袁紹　失いたくないなら急げ。孫策、死ぬぞ。お前の九子に言われてるんだろ？
周瑜　お前……
袁紹　ルールは破ってこそなんぼだ。大変だな……お前、病だろ？
周瑜　……お前も抗っているんだな。
袁紹　当たり前だ。「俺たち」はな。

周瑜はその場を離れていく。
袁紹のもとに、隻眼の武将がやってくる。
名を、「夏侯惇元譲《かこうとんげんじょう》」。

袁紹　惇か……久し振りだ。
夏侯惇　孟徳に、前には出るなって言われてるからな……。
袁紹　お前に俺を斬らせたくないんだろうよ。
夏侯惇　袁紹……俺だって同じだぞ。
袁紹　馬鹿言え。天下分け目の戦をするって、ガキの頃約束しただろうが……俺らをナメるなよ。

夏侯惇　抗うぞ……俺も、あいつも。抗い続けて天下を獲る。それは、お前の事も含めてだ。
袁紹　……そういうお前らだから、悔しいんだよ。

袁紹はその場を後にする。

夏侯惇　孟徳……超えるぞ……！

★

于禁が戦っている。
敵を斬っている于禁。

于禁　え……!?　何これ……何？　なんて……なんてツイてるんだ。

荀彧が入ってくる。

于禁　軍師殿、やばいです!!　何故か勝ちまくってます。
荀彧　于禁殿、延津での防衛、並びに白馬での足止め。現時点での戦功はトップです!!
于禁　マジで――――!!　きた!!　きた!!　いやキテる!!　現在進行形でキテる!!
荀彧　このまま許都に戻って防衛を。戦が終われば、あなたの地位は許褚・夏侯淵に並びます。

于禁　お、お、おかあさ――――ん!!
荀彧　ここにきてお母さんという台詞が出るとは思いませんでした。

荀彧が離れていく。
楽進が入ってくる。

于禁　楽進君、いや、楽進。俺、君を越えちゃうかも。
楽進　……ああ。
于禁　何？　文醜君に負けた事まだ引きずってんの？　大丈夫、明日はあるから。
楽進　文醜じゃない、牛魔王だ。
于禁　オッケ。それでいい、楽進君。僕の代わりに許都に帰ってくれ。
楽進　どうして？
于禁　俺わかるんだ、自分でも。物凄くノッてる。このまま、夏侯惇大将軍まで登り詰める。行ける気がする。
楽進　でも……。
于禁　帰ってきたら、天竺目指そうぜ。
楽進　わかったぁ。

その場を離れる楽進。

于禁　いけぇ!!　この于禁軍に倒せぬものはない。袁紹軍を根こそぎ斬り殺せ!!
于禁軍　おー!!

攻め立てる于禁軍に——突然、黄忠が立ちはだかる。

黄忠　青いわ!!
于禁　貴様、名も知らん武将が粋がりおって。時代の寵児の力、見せてくれるわ!!

——于禁が黄忠にぼっこぼこにされる。

于禁　ええ————!?

于禁軍撤退。
劉協が入ってくる。

黄忠　一旦、劉表様に合流する。
劉協　黄忠。
黄忠　危ねえんだよ。良く見ておけ。時代が変わる匂いがするわ。それが終われば、酒の飲み方くらい教えてやる。

その場を離れていく黄忠と劉協。

★

孫策のもとに男が駆け込んでくる。
名を、「陸遜伯言《りくそんはくげん》」。

孫策　陸遜……！　早いな。
陸遜　この日をずっとお待ちしておりました。
孫策　この戦終わりに江南《こうなん》に戻る。手始めに……
陸遜　既に江夏には太史慈《たいしじ》を配置させております。荊州には黄蓋《こうがい》、呂蒙《りょもう》で睨みを効かせ、抵抗勢力は張昭《ちょうしょう》様が一掃されました。全ての策に曇り一つありません。
孫策　お前……
陸遜　孫呉全軍!!　この日の為に生きておりました！　あなたの帰還を!!
孫策　行くぞ!!　天下を獲る！

陸遜、駆け抜けてその場を後にしようとするが立ち止まり、

陸遜　孫策様……江南に戻ったら、少しは暇《いとま》を。みんな……あなたと周瑜様が穏やかに過ごす

孫策　日々を見たいのです。その為には、勝たねばならん。行け!!
陸遜　ハッ!!

二人、別々の方向に駆け出す。

★

関羽のもとに、伝令1が飛び込んでくる。

伝令1　関羽様!!　烏巣《うそう》布陣に単騎で突進してくるものがいます!!　既に文聘様の軍が撃破されました!!
関羽　曹操に報告を。
伝令1　ハッ!!

伝令2が飛び込んでくる。

伝令2　関羽様……!!　既に本陣に……

軍勢を蹴散らして入ってくるのは、馬超である。

馬超　兄ぃ……。
関羽　馬超……。
馬超　帰るぞ、兄ぃ……連れ戻しに来た。
関羽　……。
馬超　俺は曹操様の所にいた。きっとあんたが帰れない理由をちゃんと作ってるんだろ？　それだけじゃない……あんたがここにいてもいい理由もあるはずだ。あの人は、そういう人だ。
関羽　どうでもいい……。
馬超　そうだ、どうでもいい。全部俺が何とかするから。帰るぞ。劉備の兄ぃが待ってんだ。
関羽　……。
馬超　返事はいらない。帰るぞ。ここにいる奴は俺が斬ってやる。
関羽　無理だ。
馬超　無理でもやる。俺は、わかった事があるんだ。

――張遼が飛び込んできて馬超を斬りつける。

張遼　生意気言うんじゃねえよ。
関羽　やめろ。
張遼　覚えてるか、お前？　俺は忘れない性質《たち》でな。
関羽　やめろ。

張遼　敵だぞ、こいつは。やらなきゃ、斬られるんだろ。

関羽を弾き返し、馬超を痛めつける張遼。

馬超　帰るぞ、兄ぃ!!
張遼　すげえな、こいつ！
馬超　帰るぞ!!　兄ぃ!!　劉備は殿じゃねえ!!　兄ぃだ!!　なんもできねえ人だけどな、俺らを兄弟だと言ってんだ!!　あんたがいなきゃなんもできねえ人なんだ!!　だからあんたの理由はいらねえ!!　帰るぞ!!
関羽　……。
馬超　俺じゃねえ！　あんただ！　あんたがいないと震えんだよ!!　それだけ止まらせてやれ!!　俺が絶対に連れて帰るから!!
張遼　しゃべり過ぎだから、お前。

張遼が刀を振り下ろした瞬間――関羽が止める。

関羽　やめろぉ!!
張遼　おい……。
関羽　こいつを斬るな、殺すぞ。

張遼　別に構わんと言ったろ。

曹操が入ってくる。

曹操　やめておけ。
張遼　……くっだらねえなぁ。全く。
馬超　おい……まだ終わってねえぞ。連れて帰るからな……。
張遼　これは裏切りじゃないんですかねぇ。
曹操　そうだなぁ。
張遼　それでも止めるんなら、俺行くところがあるんで、いいすか？
曹操　好きにしろ。但し――ちょこまかはすんなよ。
張遼　……あんたに言われると、やりたくなりますよ。
馬超　おい……。
張遼　いつかを、楽しみにしておけ。

張遼がその場を離れていく。

馬超　曹操様、連れて帰るぞ。
曹操　お前を殺すと言ったら？

馬超　連れて帰る。俺は絶対に連れて帰る。それが俺だ。
曹操　いい器だ。関羽、どうする？
関羽　私は……
曹操　徐州の民は解放した。甘夫人も劉備に送り届けたぞ。

驚く関羽。

関羽　そんな……。
曹操　お前が帰らない理由にはならんがな。
馬超　やっぱりか……曹操様、ならいいな？　連れて帰るぞ。
曹操　関羽が決める事だ。
関羽　……私は、帰れない。
馬超　帰る!!　無理なら、この男を殺す。
曹操　いい謎かけだ。こいつの命がなくなるなぁ、関羽。とりあえず、劉備の所に連れて帰れ。
関羽　……。
曹操　勘違いをするな。俺は劉備が嫌いでな、そこに義も礼もない。お前が戻ってこないなら、全力で潰す。劉備に逢い、そして戻って来い。
関羽　……どうして？
曹操　お前を欲していると言ったろ。ただこいつに比べ、今のままでは俺もお前も器が足らん。

その場を離れていく曹操。
関羽が馬超を連れていく。

★

周瑜が戦っている。
入ってくる孫策。

周瑜　孫策……。
孫策　何かを手に入れたか？　周瑜。
周瑜　最初の言葉はそれか……？
孫策　呉を動かす時が来たぞ。今が俺たちの始まりだ。
周瑜　なあ孫策……お前に話さなきゃならない事がある。私は……
孫策　いい、だから袁紹に逢わせろ。
周瑜　どうして？
孫策　曹操は勝つ事を躊躇《ためら》ってる……これが俺が手にした事だ。お前が手に入れた事は？
周瑜　……その逆だ。負ける事を選んでる。
孫策　……俺はな……周瑜。たとえ無理でも、違う方法を選んでいきたい。あの二人を失わせる
わけにはいかない。
周瑜　そんな事は無理だ。

孫策　無理なのはわかってる、それをわかった上での「不殺《ころさず》の国」なんだ。
周瑜　……お前。
孫策　魯粛は……。
周瑜　……既に全軍を動かしに行かせた。
孫策　袁紹まで連れてけ。

二人は走り出していく。

★

典韋が走り出そうとしている。
目の前に立つ曹仁。

曹仁　……典韋。
典韋　行く。
曹仁　孟徳からどんな事があっても行かせるなと言われてる。
典韋　……。
曹仁　それはきっと、お前が死ぬという事だ。理由はわからん。だが、俺はあいつを知ってる。
典韋　……行く。
曹仁　行けば死ぬ。間違いないぞ。

――典韋は歩き出す。

曹仁　なあ典韋……俺は、止めん。止めんぞ。
典韋　あんたならきっと、行くだろうから……でしょ？

曹仁は典韋に道を開ける。

曹仁　孟徳を……守ってくれ。
典韋　いいよ。

典韋がその場を離れていく。

曹仁　典韋!!　お前は猛将だぞ!!　我が軍きっての猛将だ……だから……だから……

その場に崩れ落ちる曹仁。

★

敵を斬り刻んでいる張飛。
劉備が飛び込んでくる。

劉備　張飛……‼　張飛‼

張飛　邪魔だぞ兄ぃ。

劉備　俺は曹操には敵わねえ‼　袁紹にも敵わねえ‼　だから、何とかしてくれ。

張飛　……。

劉備　これからなんだ！　これからなんだよ！　やっと集まってきたんだ、何もできない俺にお前たちが揃ってきたんだ。天下の豪傑が揃ってきたんだよ。あと足りないのは軍師だけだ。こうやって迷った時に道を教えてくれる軍師だけなんだよ。だから探そう、ここは一緒に探しに行こう。

張飛　……どけ。

劉備　同じ夢を見てえんだ‼　俺が見させるんじゃない！　お前らと同じ夢が見てえ‼

張飛　……。

劉備　張飛……。

張飛はその場を離れていく。

追いかける劉備。

★

男の前に、孫策・周瑜が入ってくる。

男　……その男は敵ではないのか？

周瑜　……袁紹に逢う。ここを通せ。
孫策　この男は……
周瑜　孫策、乗り越えなければならん事がある。だからこの男を救う。それは私たちの為だ。
孫策　……周瑜。
周瑜　業を乗り越える。その為に袁紹に逢うんだ。ここを通せ。
男　……行くぞ。

——二人を通す男。
瞬間——螭吻が現れ男を操り、周瑜を襲う。

螭吻　ってなると思ったかい？

孫策が必死に剣で受け止める。

周瑜　貴様……!!
螭吻　天下を獲る為には勿論君らもいらないんだよ。そうなんだ。

男が螭吻に操られ、周瑜を襲う——二人で受け止める。

孫策　周瑜……!!
周瑜　孫策、こいつを殺すな。こいつを救わなきゃ、孫堅様と同じなんだ!!
孫策　わかってる!!
蟎吻　やっぱりいいよね、君ら。虫夏、わかってるだろ。

虫夏が入ってくる。

蟎吻　お前の特性があるだろ。入れよ、こいつに。
虫夏　お前……。
蟎吻　でなきゃお前を夏の虫にする。入れ!!
周瑜　やめろ……!!
蟎吻　入れ!!

虫夏が周瑜に憑依する。

――周瑜が孫策を突き刺していく。

孫策　周瑜……。

男とともに孫策を斬り刻んでいく周瑜。

周瑜がとどめを刺そうとした瞬間——震えながら動きが止まる。

蝸吻　どうした？
虫夏　動かない……こいつが動かない……
蝸吻　ったく、これだから新米は……
蝸吻・男　使えないんだよ、全く……そう思わないか、聶elem？

男が剣を振り上げるが、その剣は蝸吻に向いている。
驚く蝸吻。

男　業に抗うのは、私も一緒だ。袁紹様と……曹操様と……決めたんだ。
蝸吻　こんな事もあるんだね。天の龍様、俺にも隠してやがった。
男　消えろ。
蝸吻　まあいいか。虫夏、こいつに入りなさい。すぐ死ぬけど。まだやる事があるんだよ……。

——その場を離れていく蝸吻。

男　……。
孫策　後で行く。ちょっくら二人で話をさせろ。

男　すまない……。
孫策　……ごちゃごちゃわけのわからねえ話をしやがって。まとめて救ってやるから、楽しみにしておけ。
男　……。

男がその場を離れていく。
意識の戻った周瑜が孫策に駆け寄る。

周瑜　孫策……孫策!!
孫策　うるせえな……。
周瑜　うわああ……
孫策　泣くな!　泣くな……それじゃ俺が死ぬみたいじゃねえか。普通に話せ。
周瑜　私の……私のせいだ……。
孫策　……お前は、本当にたくさんのものを背負っていたんだな。代わってやれなくて、ごめんな。
周瑜　孫策……。
孫策　泣くなって。立て。ちょっと休んで、すぐ行くから。
周瑜　嫌だ!!
孫策　俺たちにも関係あるんだろ!?　まだあの男も、袁紹も終わってねえぞ。必ず一緒にやってやるから。先行け。

立つ周瑜。

孫策　親父に宣言したんだ……これ早いとこ終わらせて、「不殺の国」を創るぞ。
周瑜　最期まで……女としてはいさせてくれないんだな。
孫策　最期じゃねえからな。
周瑜　だからお前は……甘いんだ。
孫策　……弟がいるぞ、周瑜。あいつがいれば大丈夫だ……天下を獲れる。
周瑜　最期じゃないんだろ……。
孫策　当たり前だ、お前を……誰にも渡さん。幸せな家族を創るんだ。
周瑜　……先行ってる。早く来い。

周瑜は歩き出していく。
見届けた後、バタリと倒れ……動かない孫策。

孫策　……誰だお前……。
虫夏　……。
孫策　まあいい……すまんが俺はもう身体が動かん……だから……。

舞台、ゆっくりと暗くなっていく。

★

趙雲が戦いながら進んでいく。

そこに立ちはだかる張飛。

趙雲　お前は……どけ！
張飛　どけねえよ。

趙雲が刀を向けるが、応戦せずただ刀を受け止める張飛。

趙雲　何故やらん？
張飛　公孫瓚から兄ぃがお前を預かった。殺させるわけにはいかねえだろうが。
趙雲　……お前など、知らん。
張飛　てめえが必要なんだよ！　兄ぃは言ってた。公孫瓚があんたに託したからだ。
趙雲　私の主君は……生涯あの人だけだ。（去ろうとする）
張飛　ああーっ!!

張飛、趙雲に刃を向け足止めする。

趙雲　行かせてくれ……袁紹を、袁紹を討ちたい……あの人を、志半ばのまま歴史に残さん。
張飛　お前一人で敵う相手じゃねえぞ。
趙雲　それでもだ。
張飛　……わかった。なら、俺も行く。
趙雲　お前……。
張飛　お前が本気なら、俺もやる。袁紹も、曹操も、全部二人でぶっ潰す。
趙雲　お前は袁紹軍だろ。
張飛　俺、馬鹿だから……お前の目しか信じられねえ。だけど……だけどお前は劉備軍だ！　劉備の兄ぃと、馬超と、お前だ。
趙雲　お前……。
張飛　お前を失いたくねえんだよ。ジジイにだって負けてねえ！……頼む！　少しだけ時間を俺にくれ。命かける!!
趙雲　……好きにしろ。

二人、駆け出していく。

★

典韋が必死に曹操のもとに向かっている。

★

必死に田豊が戦っている。

田豊　補給庫を守れ!!　烏巣の防衛が要ぞ!!

傷つき戦う田豊。

★

馬超を支えながら、関羽が劉備のもとへ向かっている。

そこに入ってくる張飛。

関羽　張飛……。

張飛　……やっと逢えたよ、張角……。

関羽　劉備の所まで連れてく。

張飛　それは俺がやる。お前は俺とやる事があるだろうが。

構える張飛。

馬超　兄ぃやめろ。

関羽　……。

張飛　てめえをぶち殺すのは俺だ。あの時にやっとけば良かったよ。

馬超　兄ぃ!!
張飛　黙ってろ。
関羽　……本気なんだな。
張飛　当たり前だろ。
馬超　やめろ!!

関羽もまた構え、向かっていく。
ぶつかる二人——だが、張飛は何もせず、斬られる。

関羽　張飛……お前……
張飛　……俺が敵わなかった……これでいい。だから、戻って来い……俺だって、兄ぃと夢見てえんだ。あんたのいない夢はねえ……。だから戻ってきてくれ。
関羽　……張飛……。
張飛　産まれた日は違えども、死ぬ時は一緒だ。そう決めたろ。

関羽が捨てた黄色い布を懐から取り出す張飛。

張飛　この布は、あの日に結んだんだ。
関羽　……劉備に……どう謝っていいか……わからない……だから助けてくれ……。

張飛　兄ぃ……。
馬超　当たり前だろ!!

歩き出す関羽。

張飛　何処へ行く?
関羽　曹操に、礼を返しに行く。私は、誇り高き劉備玄徳の配下だと。
二人　兄ぃ……男の中の男だな。
関羽　女だ!!

驚く二人。

★

曹操が戦っている。
その場に入ってくる典韋。

曹操　典韋か……。

歩いてくる典韋の前に螭吻が現れる。

曹操　いるんだな。
蠣吻　相変わらず勘の鋭い男だねぇ。選ばれてもいないくせに。さあ行くよ、この日の為にお前を創ったんだから。

典章を操る蠣吻。
典章が曹操に襲い掛かる。

曹操　典章……典章……典章……典章!!

典章が曹操を突き刺す。

曹操　典章。
典章　……。

典章が自らを突き刺していく。

蠣吻　何をしている!?

袁紹が入ってくる。

袁紹　使えるねぇ、それ。親友……。
蠣吻　袁紹……。
袁紹　俺らの戦だぞ、お前じゃねえよ。……お前を消す方法なんて、簡単にあるんだからなぁ。

剣を握りしめる袁紹。

蠣吻　やめろ‼
袁紹　相棒……最後の話をしようや。待ってるぞ。
曹操　ああ。

——その場を離れていく袁紹。
蠣吻もまた後を追っていく。

典韋　殿。
曹操　どうした？
典韋　……曹仁を……責めないで。お願い。
曹操　あいつは死んで償うと言うだろうがな。
典韋　駄目。あの人、大切。

曹操　もう……思う事をたくさん話していいんだぞ。お前は操られる事はないんだから。
典韋　ううん……充分。守るから、行って。
曹操　ああ。
典韋　ひとつだけ……ねえ、私は……人……？
曹操　いいや、お前は……猛将だよ。

微笑む典韋。
曹操はその場を後にする。
敵に斬られながらも、曹操を追う兵士から守り続ける典韋。
瞬間――いきなり斬りつけられる。
張遼である。

張遼　これ、俺の本職なんだわ。わりい。
典韋　……。
張遼　忘れてねえよ、俺を斬ったのはお前だろ。

典韋を斬っていく張遼。

張遼　あいつが俺から奪ったように、俺も奪ってやるから。時間をかけて、お前らを。

動かなくなる典韋。

張遼　これでいいか？　呂布。

典韋がむくりと起き上がる。

張遼　……。

張遼が向かうが――既に死んでいる。
舞台、ゆっくりと暗くなっていく。

★

袁紹が座っている。
入ってくる沮授。

袁紹　どうだ？
沮授　曹操軍は――全軍をもって烏巣の兵糧庫を奇襲。田豊が踏ん張っておりますが、我が軍の食糧はいずれ底をつきます。
袁紹　この官渡もやられたって事だな。

沮授　宴ですか？
袁紹　いや、曹操が来るんだ。ゆっくりと話をしたい。
沮授　わかりました。
袁紹　田豊に戦の失敗を押し付けて、牢にぶちこんでおけ。あいつはなんか死ぬのは似合わないだろ？　ダセえから。
沮授　ですね。
袁紹　お前は、どうする？
沮授　……私は、あなたと最後まで共に。顔良・文醜に負けたくありません。
袁紹　ご苦労。

――沮授がその場を離れていく。
男と周瑜が入ってくる。

袁紹　さあ、話をしようじゃないか。
男　……誰に向かっての言葉です？
袁紹　親友だよ、一生を付き合う友だ。
男　またあなたは謎を残す。
袁紹　ここまでだけどな、周瑜。
男　それよりも、私の名前は決まりましたか？

袁紹　……ああ、やっと……

周瑜　張部だ。この黄河の先を抜けて、遙か先に流れる長江……その名を、お前は貰った。二度と忘れるな。

男　ありがとうございます。

袁紹　……ありがとうな。何度も消えて、現れる。こいつの記憶と、俺の九子は一緒だよ。だから周瑜――俺を殺せ。

周瑜　……袁紹。

袁紹　厳密に言えば、最後に幾つか話せる程度に殺してくれ。お前ならできるだろ……。

周瑜　……お前は最初からこれを望んでいたのか。

袁紹　曹操と話がしてえんだよ。あと、親友ともな……。

蟎吻が現れる。

蟎吻　――そんな事が許されると思ってるのか？

袁紹　やっと来たか親友。もうお前を拒まねえ、話をしよう。

蟎吻　まだだ！　遠き先をお前は何度も変えた。だが、曹操を殺せば、お前は天下を獲れるんだ!!

袁紹　俺の遠き先には宴の仲間はいないんでな。周瑜、やってくれ。

――周瑜が袁紹を斬りつける。

蟵吻　やめろ!!
袁紹　お前に聞きたい。こいつ（男）を生かす方法はあるのか?
蟵吻　どうでもいい!

――周瑜が袁紹を斬りつける。

袁紹　それだけ聞かせろ。こいつに名前をあげたんだ……あるのか?
蟵吻　馬鹿にするな!!

蟵吻が男を操ろうとする。
――しかし男は動かない。

男　私は……張部だ。
蟵吻　どうして……
袁紹　周瑜んとこにいるお前、教えろよ?　こいつに先越されたくないだろ?　こいつを生かす方法はあるのか?

　　　贔屓が現れる。

贔屓　あるわ。あんたが死ねば……厳密に言えば、螭吻があんたの前から消えれば……こいつはただの「人」よ。

螭吻　黙れぇ……!!

袁紹　それさえ聞ければ、満足だ。

贔屓　あんたが死ぬって事は、私の味方だからね。周瑜、私たちの勝ちよ！

螭吻　黙れ!!　私は一番目の子だ。虫夏のやってる事だってできるんだ!!　周瑜!!

　　　周瑜に乗り移る螭吻。
　　　――周瑜が動き出していく――がそれを抱き締める男がいる。
　　　孫策である。

孫策　……いい。周瑜……大丈夫だ。

周瑜　孫策……孫策……。

袁紹　男だな、お前の大将は……。

　　　孫策は既に死んでいる。
　　　――その奥に――虫夏がいる。

蝸吻　虫夏……!!
虫夏　……お前にやられっ放しはまっぴらだ。
蝸吻　お前ら!!

雷鳴——虫夏が消えていく。
袁紹は自らを突き刺す。

袁紹　これで……だな。
蝸吻　やめろ……やめろ……私は……生まれ変わるんだ……。
袁紹　言ったろ……お前は、一生を付き合う友だって。張郃、勝ったぞ……笑え。
張郃　……はい。

歩き出す袁紹。
舞台、ゆっくりと暗くなっていく。

★

曹操が入ってくる。

荀彧　……袁紹軍敗走。この官渡決戦は、我が軍の勝利です。

曹操　荀彧……敗軍の将の中に、張部がいる。捕縛し、我が軍とせよ。
荀彧　それは……。
曹操　あいつなら必ずしてくれる。遠き先の事だ。……許褚。

許褚が入ってくる。

曹操　許褚……典韋の分まで、頼むぞ。

許褚、無言で礼をして去る。
夏侯惇がゆっくりと入ってくる。

夏侯惇　孟徳……
曹操　惇……初めての事だが……弱音だな、これは。

怒鳴る夏侯惇。

夏侯惇　しゃきっとしろ!!……お前の背中に、あいつが夢見んだ!!　この遠き先の夢を背負ってやれ。
曹操　全くだ。

夏侯惇　孟徳……天下獲るぞ。

去る夏侯惇。
張遼が入ってくる。

張遼　今のあんたなら、殺れそうだな。
荀彧　張遼……‼
曹操　お前は部下ではなかったか？
張遼　あんたが死ぬまではそうでしょうよ。
曹操　ならば構わん。
張遼　って事は、殺してもいいいんですかね。

関羽が入ってくる。

関羽　この男は……殺させない。
張遼　……お前……あーあ。せっかく手を組めると思ったんだがな。
関羽　曹操……手を貸すのは、最後だ。私の生き方は決まった。
曹操　そうか。張遼、お前の器も決まったな。
張遼　ああ。あんたを殺すのは、俺だよ。

曹操　ならば、一人にしてくれ。親友が……来るんだよ。

いつの間にか、袁紹がそこにいる。

袁紹　待たせたな、相棒。
曹操　ああ。
袁紹　典韋は？
曹操　人として……守って貰ったぞ。
袁紹　……そっかそっか。
曹操　お前、俺に嘘の遠き先を教えたろ。こうなる事を、最初からわかってた。
袁紹　まあな、お前より先に行きたいに決まってんだろ。
曹操　俺はお前が、欲しかった。
袁紹　……なあ、相棒……謎かけだ。……自分を死ぬほど愛してるものと自分が死ぬほど愛してるもの……二つを選べないとしたらどちらを選ぶか……。
曹操　決まってる。
ただし、一つを選べば二つが無くなるんだ。……俺の愛してる天下に、宴の仲間はいない。
袁紹　俺の愛してる仲間を、業は許さない……。
曹操　……その謎かけは、俺が一生をもって掲げてやる。だから袁紹……お前が見たかった遠き先……見ろ。

袁紹　天下、獲れよ……相棒。

袁紹が目を瞑る——その先には宴をしている仲間がいる。
顔良・文醜・沮授・田豊。男以外の袁紹軍である。

袁紹　宴だ。派手にやるぞ。

ゆっくりと曹操が袁紹を斬っていく。
炎が土となって燃え盛っている。
舞台、ゆっくりと暗くなっていく。

★

魯粛の前に、周瑜がいる。

周瑜　魯粛……全軍をもって、長江近辺の強化に励め。
魯粛　わかりました。
周瑜　喪に服した後——孫権を総大将として新たなる布陣を敷く。
魯粛　周瑜様は……？
周瑜　必ず、曹操はこの呉に照準を定める。その時の為に、する事がある。お前に策を。
魯粛　……命に代えて。

――「男」が入ってくる。
名を、「張部儁乂《ちょうこうしゅんがい》」。

張部　……。
周瑜　お前の名前を、しばらく借りる事にしよう。
張部　名前を……。
周瑜　それまで、あいつがくれたたくさんの名前でも思い出しておけ。
張部　周瑜様。
周瑜　お前は、生まれ変わる事を……決めたんだ。

音楽。
歩き出す周瑜――一度《ひとたび》、名前を変えて。
男がそれをいつまでも見つめて――。

完

――カーテンコール後。

突然の声。

劉備　軍師だ!!　めぼしいのが見つかった!!
張飛　何だよ兄ぃ!!
劉備　行くぞ、張飛、関羽。荊州の新野《しんや》にすげえのがいるらしいんだ。そいつを手に入れる!
張飛　すげえな、兄ぃ!!
劉備　名前もすげえんだ。「つかこうべい」って言うんだぞ。
関羽　本当か⁉
劉備　ああ、本当だ。手に入れるぞ、つかこうべい。
関羽　違うと思うんだけどな……。
馬超　あ、兄ぃ……実は俺、しばらく旅に……出ようと……
劉備・張飛　待ってろ!　つかこうべい!
関羽　ちょっともう!!
馬超　あ、俺、実は旅に……
関羽　待ってよ、もう!!

走り出す三人。

——とりあえず、馬超も追いかけて。

と、そこに趙雲が入ってくる。

馬超　お前……。
趙雲　新野はそっちではない。
四人　ええっ⁉
趙雲　諸葛亮孔明はそこにいるぞ。
四人　「しょかつりょうこうめい」？
趙雲　案内する。付いて来い。……行くぞ！
四人　趙雲——‼

走り出す趙雲。
——とりあえず、四人も追いかけて。

あとがき

気づけば、久しぶりの出版となります。日々に追われ、創ってきた作品を振り返ることなど毎日にはなく、本当に「舞台」というものは、人の記憶にしかその形を留める事がないのだと、これを書きながら改めて思っています。頭の中で描いた風景が、仲間とスタッフの力により観客の景色へと変わっていく毎日。それはとても幸福で、振り返る事は贅沢なんじゃないかと、どこかで思ってしまうのです。ですから、こうやって形に残させて頂くことは、少し立ち止まる時間も必要だと、教えてくれているのかもしれません。

この作品は、二〇一五年十二月に、東京の全労済ホール／スペース・ゼロ、十六年一月に大阪のサンケイホールブリーゼと東京のシアター１０１０で上演されたものです。二〇一二年から始まった三国志をモチーフにした「RE-INCARNATION」シリーズの四作目となります。色々なメディアの中で、三国志が描かれ、語られていきます。ですが、「袁紹」を物語の真ん中に据えた作品は、ほぼ見た事がありません。だからこそ、何処にもいない男を描けるのではないかと、ずっと思っていました。「勝てば官軍」という言葉は見事なもので、歴史上大敗を喫した家柄の良い袁紹は、倒されるべき存在であり、英雄達の物語では、見事なまでに脇役を演じています。ですが、ふと思うのです。その男に命をかける配下と仲間がいたことも、歴史はちゃんと教えてくれている、と。結末を知っていた男が、辿ってきた道。それがこの物語の全ての鍵だと思っています。例えば、自分は孤独だと思っている人がいます。ですが、人に孤独を見せているその人は、もしかしたら既に孤独ではないのかもしれません。終わりを知っていながら、変わらず友を想い、仲間を愛し、笑い続けるこの袁紹という男こそ、本当の孤独という意味を知っているのではないかと、書きながら思っていました。

舞台では俳優・萩野崇さんが、全身全霊で演じてくれました。彼という一途な人間が、この役を産み出してくれたのだと思っています。「RE-INCARNATION」シリーズでは、顔の見えない物語を創りたくないという気持ちがあり、出逢った俳優と、その俳優が生きている意味を問えるような言葉を、一緒に創る。それもまた物語なのだと、思っています。稽古をしていると、溢れるように物語が産まれるので、それはそれで困っているくらいです。気づけばこのシリーズも、もうすぐ十年。中々の付き合いだと思っています。

記憶の中で、薄れていくものといつまでも覚えているもの、その違いは何なのだろう?とふと考える事があります。その人にとって忘れたいものを忘れる事が出来て、覚えていたいものをいつまでも覚えていられたら、その方がいいのだろうかと、考えるのです。この作品を創るときに、このテーマがいつもありました。最期の時、袁紹が曹操に語りかけるのだと、決めていました。ですが、この戯曲にも、舞台にもそれはありません。己よりも、隣にいる友を、仲間を愛している男はきっと語らないと、物語が教えてくれました。僕が、覚えている風景も萩野さん演じる袁紹の、満足そうな涙一つです。語らない言葉が、この「RE-INCARNATION」の全てなのだからと。

論創社の森下紀夫さん、関係者のみなさん、ありがとうございました。大切な俳優達、スタッフ、AND ENDLESS、DisGOONie の仲間たちへ、心からの感謝を込めて。

そしてこの戯曲を手にしてくれているあなた、本当にありがとう。手紙を書いているような気持ちで、この想いを綴っています。これを手にしてくれているあなたがいなければ、僕は劇作家でもなんでもありません。
久しぶりに開いたこの戯曲、振り返る時間は、平等なはずなのに少し緩やかで、忘れていたはずの気持ちを呼び起こさせてくれました。だからこそ、船の帆を張り、大きな野望を持って、僕の物語の旅はまだまだ続きます。

二〇二一年九月　「RUST RAIN FISH」の初日前夜に。

西田大輔

協力・・・・・・・・・アイズ　えりオフィス　グロリアスクリエーションズ　きずなステーション　ジャパンアクションエンタープライズ　スペースクラフト・エンタテインメント　ダンデライオン　てらりすと　長良プロダクション　ニューカム　ネネネレコードフィットワン　ホワイトドリーム　メインキャスト　BACS エンターテイメント　MS エンタテインメント　SOS Entertainments
制作協力・・・・・・ディスグーニー　イープラス
プロデューサー・・・下浦貴敬
企画・製作・・・・・Office ENDLESS
提携・・・・・・・・全労済ホール / スペース・ゼロ〈東京 2015 公演〉
主催・・・・・・・・〈東京 2015・2016 公演〉Office ENDLESS
〈大阪公演〉サンケイホールブリーゼ　Office ENDLESS

関平、他・・・・・・・石井寛人
李典曼成、他・・・・田嶋悠理
夏侯恩子雲、他・・・斎藤洋平
逢紀元図、他・・・・藤田峻輔
宋憲、他・・・・・・谷昌弥
曹純子和、他・・・・小島和幸
魏続、他・・・・・・黒澤俊一
郭図公則、他・・・・今井直人

【SPECIAL GUEST】
夏侯惇元譲・・・・・広瀬友祐
許褚仲康・・・・・・椎名鯛造
趙雲子龍・・・・・・中村誠治郎
孫堅文台・・・・・・内堀克利
孫権仲謀・・・・・・宮下雄也
陸遜伯言・・・・・・石部雄一
公孫瓚伯圭・・・・・須間一也
甘・・・・・・・・・甲斐まり恵
蒲牢・・・・・・・・新良エツ子
贔屓・・・・・・・・平山佳延

【STAFF】
脚本・演出・・・・・西田大輔
音楽・・・・・・・・和田俊輔
劇中歌歌唱・・・・・新良エツ子
舞台監督・・・・・・清水スミカ
舞台美術・・・・・・乘峯雅寛
照明・・・・・・・・大波多秀起　岡崎宗貴
音響・・・・・・・・前田規寛（S.S.E.D）
サンプラー・・・・・松本竜一
特殊効果・・・・・・インパクト
演出助手・・・・・・佐久間祐人　梅澤良太
衣装・・・・・・・・瓢子ちあき
衣装協力・・・・・・松浦美幸　雲出三緒
ヘアメイク・・・・・新妻佑子　小川万理子（raftel）
美容協力・・・・・・STEP BY STEP
宣伝美術・・・・・・Flyer-ya
グッズデザイン・・・Gene & Fred
Webデザイン・・・・まめなり
収録・・・・・・・・アズボンド
宣伝映像・・・・・・カラーズイマジネーション
運搬・・・・・・・・マイド

Office ENDLESS produce vol.20『RE-INCARNATION』—RE-SOLVE—

上演期間 〈東京2015公演〉 2015年12月24日（木）～12月29日（火）
〈大阪公演〉 2016年1月9日（土）～1月10日（日）
〈東京2016公演〉 2016年1月14日（木）～1月18日（月）
上演場所 〈東京2015公演〉 全労済ホール／スペース・ゼロ
〈大阪公演〉 サンケイホールブリーゼ
〈東京2016公演〉 東京公演2　シアター1010

【CAST】
曹操孟徳・・・・・・西田大輔
袁紹本初・・・・・・萩野崇

張遼文遠・・・・・・谷口賢志
曹仁子孝・・・・・・杉山健一
典韋・・・・・・・・小瀬田麻由
楽進文謙・・・・・・竹内諒太
荀彧文若・・・・・・一内侑
于禁文則・・・・・・澤田拓郎

張郃儁乂・・・・・・新田健太
文醜・・・・・・・・青木空夢
顔良・・・・・・・・書川勇輝
沮授・・・・・・・・三上竜平
田豊・・・・・・・・福場俊策

劉備玄徳・・・・・・佐久間祐人
関羽雲長・・・・・・佃井皆美
張飛益徳・・・・・・村田洋二郎
馬超孟起・・・・・・北村諒

孫策伯符・・・・・・伊阪達也
周瑜公瑾・・・・・・田中良子
魯粛子敬・・・・・・平野雅史

袁術公路・・・・・・塚本拓弥
黄忠漢升・・・・・・赤塚篤紀
劉協伯和・・・・・・本間健大

蟜吻・・・・・・・・林田航平
虫夏・・・・・・・・猪狩敦子

西田大輔（にしだ・だいすけ）

劇作家・演出家・脚本家・映画監督。

1976年生まれ。日本大学芸術学部演劇学科卒業。

1996年、在学中にAND ENDESSを旗揚げ・2015年DisGOONie設立。

全作品の作・演出を手掛ける。

漫画、アニメ原作舞台化の脚本・演出の他、長編映画「ONLY SIVER FISH」・ABC連ドラ「Re：フォロワー」の脚本・監督も務める。

代表作に「美しの水」「GARNET OPERA」、DisGOONie舞台「PHANTOM WORDS」「PANDORA」「PSY・S」「DECADANCE-太陽の子-」「GHOST WRITER」などがある。

上演に関する問い合わせ
〒152-0003　東京都目黒区碑文谷3-16-22　trifolia203
株式会社ディスグーニー　DisGOONie inc.
TEL・FAX：03-6303-2690
Email：info@disgoonie.jp
HP：http://disgoonie.jp/

リインカーネーション　リザルブ

2021年10月15日　初版第1刷印刷
2021年10月23日　初版第1刷発行

著　者　西田大輔
発行者　森下紀夫
発行所　論創社
東京都千代田区神田神保町2-23　北井ビル
電話 03（3264）5254　振替口座 00160-1-155266
web. https://www.ronso.co.jp

装丁／サワダミユキ
組版／フレックスアート
印刷・製本／中央精版印刷
ISBN978-4-8460-2112-2